SHODENSHA
SHINSHO

すじで読む　シェイクスピア全作品

一郎

祥伝社新書

はじめに

あらすじを読んだだけでシェイクスピアがわかるようになるはずがない――とはいえ、手っ取り早く筋を確かめたり、登場人物名や人物関係を確かめたりできる便利な本があってもいいだろう。しかもできるだけコンパクトなものが。

そこで本書は、あらすじを中心にシェイクスピア全作――戯曲《ぎきょく》四〇作と詩篇《しへん》――について解説した。四〇作というところもミソだ。

シェイクスピアの戯曲は三七作だとされてきた。坪内逍遙《つぼうちしょうよう》の全訳も小田島雄志《おだしまゆうし》の全訳も三七作だ。だが、最近の研究の結果、『二人の貴公子』、『エドワード三世』、『サー・トマス・モア』の三作もシェイクスピア作品群として数えられるようになってきており、今では四〇作とするほうが一般的だろう。本書はそれらをすべて網羅している（なお、これら三作は邦訳も出ている）。

また、シェイクスピアは仮に戯曲を一つも書かなかったとしても、詩人として英文学史に名を残しただろうといわれている。そのため、本書では詩作品についてもすべて解説を加えた。

本書の使い方について説明しておこう。

まず、目次を見ていただければ、ジャンルごとに全作品が執筆順に並んでいるのが確認できる（ただし、歴史劇だけは執筆順ではなく、描《えが》かれた歴史の時代順とした。歴史劇の執筆順については、141ページから始まる歴史劇の解説をお読みいただきたい）。

なお、ジャンルごとではない全体の執筆順については、28〜30ページに記した。

各解説では、あらすじのほかに、登場人物相関図や名台詞《せりふ》の説明も加えた。巻末には主要登場人物の索引も附したのでご利用いただきたい。

本書は、入門書というより、すでにシェイクスピア作品を読んだ（はずの）人の覚《おぼえ》書《がき》として利用していただくのがよいと思う。もし作品そのものをまだお読みでない方は、ぜひ作品をお読みになることをお勧めしたい。

二〇一三年一一月

河合祥一郎《かわいしょういちろう》

目次――あらすじで読む　シェイクスピア全作品

その他の悲劇　59

喜劇　87

William Shakespeare
1564 - 1616

序章

シェイクスピアの言葉は詩である

シェイクスピアはとっつきにくいといわれることがある。確かに、ほんの一言でさらりと言えそうなことを膨大《ぼうだい》な量の言葉で延々と語ったり、普通なら使わないような言い回しを使ったりするから、慣れないと驚くかもしれない。しかし、そんな特殊な言葉遣《づか》いをするのには理由がある。

『ロミオとジュリエット』を例に、その理由を探《さぐ》ることにしよう。ロミオと結婚式を挙げたばかりのジュリエットが、早く夜になってロミオに来てほしいと待ち遠しく思う場面だ。ジュリエットが現代っ子だったら、こんなふうにつぶやくところだろう。

早く夜になんないかな。ロミオ〜♡　早く来て〜♪

ところが、シェイクスピアのジュリエットは、そんなことでは収まらない。夜に行なう「愛の儀式」で操《みさお》を捧《ささ》げて初めて本当の夫婦となると考え、こう長々と語るのだ。

序章

速く走って、炎の脚《あし》持つ馬たちよ、
日の神ヘリオスをすぐにお宿にお連れして！　その御者《ぎよしや》が、
神の子パエトーンだったなら、西へ激しく鞭《むち》を当て、
たちまち真っ暗な夜にしてくれるだろうに。
愛を営《いとな》む夜の闇よ、その厚い帳《とばり》を広げておくれ、
キューピッドがウインクしたら、だれにも知られず、見られずに、
ロミオがこの腕に飛び込めるように。
恋する者に光はいらない。互いの美しさが相照《あいて》らし、
愛の儀式を行なえる。それに、恋が盲目なら、
なおさら夜こそふさわしい。さあ、おいで、厳《おごそ》かな夜、
かしこまって黒い礼服に身を包んだ奥さま、
教えて頂戴《ちょうだい》、穢《けが》れない二つの操をかけたこの勝負、
どうしたら失うことで勝利できるのかを。
この頰《ほお》に羽ばたく血潮《ちしお》は男を知らぬ野生の鷹《たか》、……

夜の黒いマントをかぶせて落ち着かせておくれ、
初心《うぶ》な恋が大胆にも、愛の営みを慎《つつし》みとさえ思うまで。
早く来て、夜よ。来て、ロミオ。夜を照らす太陽、
だって、夜の翼にまたがるあなたは、
黒い鴉《からす》の上に降《ふ》り積む初雪よりも白いもの。
来て、やさしい夜。来て、すてきな黒い夜、
私のロミオをよこして。私が死んだら、
ロミオをあげる。ばらばらにして、小さな星にするといい。
そしたら夜空はきれいになって、
だれもが夜に恋してしまい、
ぎらつく太陽を崇《あが》めることなどやめるだろう。
ああ、愛の館《やかた》を買ったのに、
自分のものにはなっていない。この身を売ったのに、
まだ味わってもらっていない。太陽はなんてのろいのかしら。

お祭りの前の晩、新しい服を買ってもらって
まだ着てはだめと言われている子供みたいに
待ちきれない思い。

これだけ圧倒的に語られれば、ジュリエットの熱い思いもわかろうというものだ。しかも、そうしたことを、詩の言葉である韻文《いんぶん》に乗せて滔々《とうとう》と語るのだから、これはほとんど詩による〝身悶《みもだ》え〟に等しい。

つまり、シェイクスピアの言葉は詩であり、そこには〝身悶え〟のような熱い思いがこめられているため、言葉も並大抵なものではすまされないというわけである。

その韻文の一行一行が、みな一定のリズム（韻律《いんりつ》）に乗っている。今引用した台詞のなかで英語の最も簡単なところを例にすると——

Come, **night**. Come, **Romeo**. **Come**, thou **day** in **night**,
（訳：早く来て、夜よ。来て、ロミオ。夜を照らす太陽、）

——となっており、太字のところを強く読む。つまり、一行につき五回強く読む。これが弱強五《じやつきようご》歩格《ほかく》（アイアンビック・ペンタミター）である。英語の韻文とは、このように強勢《アクセント》によって一行に一定の韻律《リズム》がある文のことをいう。

ただし、日本語で「韻」というと、二種類の「韻」があるので注意が必要だ。リズム（韻律）のほかに、ライム（押韻《おういん》）——韻を踏むこと——も「韻」と呼ぶのだ。英語の童謡（ナーサリー・ライム）にもライムがふんだんにあるから、英米の子供にはおなじみの言葉遊びである。ここではシェイクスピアの例を見てみよう。


Away be**fore** me **to** sweet **beds** of **flowers**!

Love-**thoughts** lie **rich** when **can**o**pied** with **bowers**.

さあ、花咲き乱れる東屋《あずまや》へ行こう。

そこでこそ、心乱れる思いも憩《いこ》う。

——『十二夜』第一幕第一場より

行末の四角で囲んだ部分が同じ音となって脚韻《きやくいん》になっている。こうした二行を二《に》行連句《ぎょうれんく》（ライミング・カプレット）という。二行連句が繰《く》り返されると、英雄詩体《えいゆうしたい》（ヒロイック・カプレット）という詩形になるが、シェイクスピアの場合、普段は脚韻をせずに、場面の最後や長台詞《ながぜりふ》の最後でこの二行連句を用いることが多い。

だが、たいていは脚韻なしの弱強五歩格――それがシェイクスピアの基本スタイルであり、これはブランク・ヴァース（無韻詩）と呼ばれた。「無韻詩」の「韻」は、「韻律」ではなく「脚韻」の意味だ。

シェイクスピアのブランク・ヴァースの言葉遣いを確認するために、次に『ハムレット』冒頭の例を見てみよう。ハムレットの親友ホレイシオが、衛兵らと一緒に先代ハムレット王の亡霊を目撃して驚いているうちに、いつの間《ま》にか白々と夜が明けてくる場面だ。そのときのホレイシオに、あなただったらどんな台詞を言わせるか。

だが、見ろ、東の丘を。夜が白々と明けてきた。

――といったところだろうか。しかし、これでは詩になっていない。シェイクスピアの書いたブランク・ヴァースはこうだ。

だが、見ろ。茜《あかね》色のマントをまとった朝が、
あの東の丘を、露《つゆ》を踏みしめて歩いてくる。
But **look,** the **morn** in **rus**set **man**tle **clad**
Walks **o'er** the **dew** of **yon** high **east**ward **hill.**

「茜色のマントをまとった朝」とは、次第に夜明けの光が地平線からじわりと広がっていくさまを擬人法で表現したものである。もちろん特殊な表現であり、日常会話で「朝が歩いてくる」などと言い出したら、変な人だと怪訝《けげん》な顔をされてしまうだろう。

リアリズムでは理解できないシェイクスピア・マジック

「シェイクスピア・マジック」といわれるものがある。マジックというからには、「あれれ?」というようなことが起こるのである。それは、シェイクスピアならでは

の特徴といってよいだろう。二、三、例を見てみよう。

まず、時間がワープするマジックから――。

たった今引用した『ハムレット』冒頭の台詞の説明で、いつの間にか夜が明けてしまうと書いた。この「いつの間にか」が曲者《くせもの》だ。亡霊が出る時刻は夜中の一二時から一時と設定されている。その時刻に亡霊を見ようとエルシノア城壁の上に集まったホレイシオと衛兵たちは、本当に亡霊を目撃し、驚いて「これはいったいどういうことか」と話しているうちに――何時間も経《た》たないうちに、いや何十分も経たないうちに――朝になっている。これはおかしいではないか。

ところが、人間の心理というのはおもしろいもので、劇を観《み》ているときは、これがおかしいと気づかないのだ。人は、時間が経つのも忘れて何かに夢中になると、その集中が切れた時点で「あ、もうこんな時間」と気づいたりするから、シェイクスピアはこの心理を利用した作劇術を用いているのである。つまり、あえて「いつの間にか、朝になってしまった」として場面を締めくくることで、観客に「自分はそんなにも集中して観ていたのだ」という感覚にさせるのである。

同じことは、『ロミオとジュリエット』のバルコニーの場にもいえる。キャピュレット家の夜会が終わって、皆が家に帰ったあと、キャピュレット家の庭に忍び込んだロミオは、バルコニーの上にジュリエットを発見する。時刻は真夜中過ぎといったところであろうか。そして、愛を語らううちにジュリエットが言うのだ――「もうすぐ朝だわ」と。深夜から朝になるまでどれだけ長いキスをしていたのかと、つっこみを入れたくなる展開である。アインシュタインは、相対性理論による時間の縮《ちぢ》みを説明するのに、「乙女といるときの一時間は一分に縮まる」と言ったというが、シェイクスピアはまさにそんな時間の縮みを朝の訪れで表わしたともいえよう。

要するに『ハムレット』の場合と同様、観客は集中しているとき時間の感覚を失うのであり、シェイクスピアはそうした観客の緊張を持続させるためにハイテンポで芝居を進めていく。原作の『ロミウスとジュリエットの悲劇の物語』で九カ月かけて起こった出来事を、たった六日間の出来事に仕立て上げたのも同じ理由だ（「あれ、六日間だっけ？」と思った人は69ページをお読みいただきたい）。

時間のワープで最も大胆なのは、『冬物語』であろう。劇の前半が終わると「私は時です」と語るおじいさんが登場して、「みなさん、あれから一六年が経ったと思ってください」と要求する。このおじいさんが去ったあと、生まれたばかりの赤ん坊だった女の子が、一六歳の美しい娘として登場する。リアリズムなどという発想はシェイクスピアには無縁なのである。

ワープするのは時間だけではない。空間もワープする。たとえば『ロミオとジュリエット』の夜会の場からバルコニーの場への切り替わり――ここにワープがある。

時刻は深夜。夜会が終わって、親友のマキューシオとベンヴォーリオが、どこかへ行ってしまったロミオを捜しながら、「ロミオ! ロミオくーん! ロォミオゥ!」と呼ばわりながら帰り道を歩いていく。

場面は、キャピュレット家の外に広がる野原だ。マキューシオは「お休み、ロミオ、俺は寝に帰るぜ。この野っぱらじゃ寒くて眠れん」と言いながら、ベンヴォーリオとともに去っていく。木の陰に隠れていたロミオはそのまま二人をやりすごす。

二人は立ち去った。場面に残るのはロミオのみ。その瞬間、ロミオはふと振り返ってこう言うのである。

だが待て、あの窓からこぼれる光は何だろう？
向こうは東、とすればジュリエットは太陽だ！

ここからバルコニーの場が始まるわけだが、さっきまでキャピュレット家の外の野原にいたはずのロミオは、いきなりジュリエットのバルコニーがあるキャピュレット家の庭へワープしていることになる。そして、この「シェイクスピア・マジック」は、芝居を観《み》ている最中は気がつかれることがない。なにしろ、エリザベス朝時代の舞台には舞台装置というものがなかったため、役者の気持ち一つで、どんな場所にも変化することができたからだ。

何もない空間で言葉と衣装だけで演じるというエリザベス朝の舞台は、ちょうど日本の狂言の舞台とそっくりである。狂言役者が「これから都へ参ろう」と言って舞台をひとまわりして「何かと言ううちに、都じゃ」と言えば、もう舞台は都に移っている――それと同様に、シェイクスピアの役者たちも「ああ、アーデンの森についた」

と言って荷物を降ろせば、そこがアーデンの森ということになるわけだ。

シェイクスピアは西洋の演劇だから新劇（西洋近代演劇）の仲間と誤解されることが多いが、その頃は近代演劇のような幕（緞帳《どんちょう》）もなく、舞台装置もなく、女優もいなかった（女役は少年俳優か男優が演じた）のであるから、そうした点でも、狂言と共通項が多い。抑揚《よくよう》を整えて台詞を朗唱《ろうしょう》したりするあたりも、狂言とシェイクスピアは共通する。シェイクスピアを正しく理解するためには、ぜひ狂言を観ることをお勧めする。

オクシモロン――シェイクスピアの極意

シェイクスピアが描く人間像は、人間は愚かな存在だとするルネサンスの人文主義（ヒューマニズム）思想に基づいている。好きな人のことを憎んだり、よせばいいことをしでかしてしまったりするのが人間であり、シェイクスピアはそうした人間の愚かさを深く理解して、矛盾した人間像を描き出す。人間の愚かさを指摘するのが役割の「道化《どうけ》」という登場人物が活躍するのもそれゆえだ。

矛盾ということでいえば、シェイクスピアはオクシモロン（撞着語法《どうちゃくごほう》）を多用する。オクシモロンとは、『マクベス』の魔女の「きれいはきたない、きたないはきれい」とか、『十二夜』や『オセロー』にある「私は私でない」といったような台詞に見られるような、矛盾した内容のことをいう表現法だ。ほかにも「鉛《なまり》の羽根、輝く煙、冷たい炎、病んだ健康」（『ロミオとジュリエット』）、「陽気な悲劇」や「熱い氷」（『夏の夜の夢』）など多くの例があるが、このオクシモロンは、シェイクスピアの真髄《しんずい》を捉《とら》える特徴の一つといえるだろう。

謎の生涯

「万の心を持つシェイクスピア」といわれるように、多様な人間を描いたシェイクスピアであるが、本人がどのような人物であったかは謎に包まれている。その生涯についてわかっていることを、ここにざっとまとめておこう。

ウィリアム・シェイクスピアは、一五六四年、イギリスの田舎町ストラットフォード・アポン・エイヴォンの手袋職人ジョン・シェイクスピアの長男として生まれた。

父ジョンは羊毛取引や金貸業で成功を重ね、町長にまでなったが、やがて没落した。一五歳で地元の学校を卒業したウィリアムは、一八歳の夏に八歳年上の女性アン・ハサウェイを妊娠させ、一五八二年一一月二七日に結婚、翌八三年五月二六日に長女スザンナが誕生した。一五八五年二月二日には、男の子（ハムネット）と女の子（ジューディス）の双子が生まれ、三児のパパとなったが、このとき弱冠二〇歳。そして、この時点でウィリアムは忽然《こつぜん》と姿を消した。記録から消えてしまったのである。

次にウィリアム・シェイクスピアの名が記録に出てくるのは、一五九三年に刊行された『ヴィーナスとアドーニス』の著者としてである（ちなみに、一五九二年刊のロバート・グリーンの著書『三文《さんもん》の知恵』に、「役者の皮に包んだ虎の心」という『ヘンリー六世』の台詞をもじった表現があるのは、新進の劇作家シェイクスピアへの揶揄《やゆ》だとする説が広く信じられてきたが、これは『ヘンリー六世』に出演した当時の有名な役者エドワード・アレンへの揶揄であろう）。

つまり、シェイクスピアが記録から消えていたのは一五九三年までの八年間であり、これを「シェイクスピアの失われた年月」と呼ぶ。

それからのシェイクスピアの活躍は目覚《めざ》ましい。翌一五九四年に創設された宮内《くない》大臣一座の座付き作家として名を残し、経済的にも成功を収め、一五九七年には故郷ストラットフォード・アポン・エイヴォンで二番目に大きな家（ニュープレイス）を購入して、家族を住まわせた（つまり家族を捨てたわけではなかったのである）。

その後、一五九九年にテムズ河南岸に建てられた劇場グローブ座を本拠地としながら数々のヒット作を執筆し、おそらく最後の作品のつもりで『テンペスト』を書いた翌年には故郷に引退するものの、一六一三年に後輩劇作家のジョン・フレッチャーとともに『カーディーニオ』、『二人の貴公子』、『ヘンリー八世』を執筆（『カーディーニオ』は現存しない）。しかし、『ヘンリー八世』上演中の一六一三年夏、劇中で使用した空砲から出た火花が原因で、劇場は全焼。これを契機に完全に引退し、一六一六年四月二三日に死去した。

誕生日は不明だが、四月二六日が洗礼日であるため、四月二三日が誕生日だった可能性もあり、命日と合わせて四月二三日がシェイクスピアの日とされている。

四大悲劇

シェイクスピアの四大悲劇の話をするには、「悲劇時代」という用語の解説が必要となる。そのためには「時代」の区分け全般を見ておいたほうがいいだろう。
まず、一五九九年にグローブ座が建てられる以前に執筆・上演された初期の作品群があるが、これらの作品は次の二つの時代に分けられる。

修業時代（一五八九～九三年）——シェイクスピアがまず手掛けたのは時代劇だった。それも、先輩の劇作家の手伝いのようにして歴史劇『エドワード三世』、『サー・トマス・モア』、『ヘンリー六世』三部作を手掛けた。さらに『リチャード三世』や悲劇『タイタス・アンドロニカス』も書いた。
また、形式や手法にこだわりながら、『ヴェローナの二紳士』、『恋の骨折り損』、『間違いの喜劇』、『じゃじゃ馬馴《な》らし』といった初期喜劇も書いた。

宮内《くない》大臣一座時代（一五九四～九九年）——一五九四年に宮内大臣一座が発足し、シェイクスピアはその役者兼座付き作家となった。悲劇では『ロミオとジュリエット』、歴史劇では『リチャード二世』、『ジョン王』、『ヘンリー四世』二部作、『ヘンリー五世』、喜劇では『夏の夜の夢』、『ヴェニスの商人』、『ウィンザーの陽気な女房たち』を書いた。

これで初期は終わり、一五九九年にグローブ座が建てられ、円熟時代に突入する。

円熟時代（一五九九年頃）――グローブ座で初演されたのは『ジュリアス・シーザー』だ。円熟喜劇に『から騒ぎ』、『お気に召《め》すまま』、『十二夜』。

悲劇時代（一六〇〇〜〇六年）――四大悲劇『ハムレット』、『オセロー』、『リア王』、『マクベス』のほかに、問題劇『トロイラスとクレシダ』『終わりよければすべてよし』『尺には尺を』『アテネのタイモン』、および悲劇『アントニーとクレオパトラ』、『コリオレイナス』を書いた。

ロマンス劇時代（一六〇八〜一一年）――『ペリクリーズ』、『冬物語』、『シンベリン』、『テンペスト』の四つのロマンス劇を書いた。

晩年期共作時代（一六一二～一三年）――引退を決めたシェイクスピアは、グローブ座の

座付き作家の座を後輩のジョン・フレッチャーに譲るが、フレッチャーとともにロマンス劇『二人の貴公子』と歴史劇『ヘンリー八世』を書いた。

というわけで、四大悲劇とは、悲劇時代に書かれた四つの悲劇を指す。有名な『ロミオとジュリエット』が四大悲劇に含まれないのは、初期作品だからである。

四大悲劇は、ともすると誤解されやすい。たとえば、最高傑作『ハムレット』は復讐劇として始まっていながら後半は復讐劇でなくなるという複雑な構造があるため、誤解される。なぜハムレットはさっさと復讐しないのかと思われがちだが、この作品は復讐劇ではないのである。『オセロー』については、イアーゴーに騙《だま》されたオセローの愚かさばかり強調すると誤解が生じるし、『リア王』は王が娘に騙される愚かさばかり強調するとやはり誤解が生じる。シェイクスピア悲劇のなかで最も短い『マクベス』については、マクベス夫人を悪女と見なす解釈が時々なされるが、むしろ、夫を男にしたいと強く欲した女だと考えるべきだろう。

ハムレット *Hamlet*

――推定執筆年一六〇〇年、初版一六〇三年

デンマークのエルシノア城では、亡くなった先代の王ハムレットの**亡霊**が夜毎《よごと》に出没し、衛兵たちを怯《おび》えさせていた。

父であった先代王の死を嘆く**ハムレット**王子は、叔父の**クローディアス**が、先代王の葬儀から日も浅いというのに先代王の妃《きさき》であり王子の母である**ガートルード**を自らの妃として王位に就《つ》いたのが許せず、悶々《もんもん》としていた。ヴィッテンベルク大学での学友**ホレイシオ**と衛兵から、亡霊が出没することを知らされた王子は、その夜自分も城壁の見張りに立つことにする。果たして現われた亡霊はまさに先代王の姿をしており、「自分を殺した蛇は今、王冠を戴《いただ》いている」と王子に告げ、復讐を命じて消えてゆく。

ハムレット王子は復讐の機会を窺《うかが》うために狂気を装うが、王クローディアスの腹心の家臣**ポローニアス**は、王子が狂ったのは娘の**オフィーリア**への恋煩《わずら》いのためだと早《はや》合点《がてん》する。オフィーリアは王子を慕《した》っていたが、父の命令通り、もらった手紙を返して、王子に会わないようにしていたのである。一方、王は、王子の学友であった**ロー**

ゼンクランツとギルデンスターンを呼び寄せ、王子の様子を探《さぐ》らせる。

やがて、旅まわりの役者たちが到着し、喜んだハムレット王子は、「王の前で芝居を打って王の良心を捕まえよう」と言う。父の亡霊と思ったのは悪魔かもしれず、もっと確かな証拠が必要だと王子は考えたのである。王子は「生きるべきか、死ぬべきか」と逡巡《しゅんじゅん》しつつ、人生について瞑想し、自分は神に代わって正義を行なえないと悩んだ末、人間としての己《おのれ》の弱さを痛感し、「尼寺へ行け」と叫んでオフィーリアを突き飛ばしてしまう。その様子を隠れ見た王は、王子が何かを胸に秘めていると気づく。

その夜、果樹園で午睡《ひるね》中の王の耳に毒を注ぎ込んで殺すという――亡霊が語ったとおりの、つまり死人が口をきかない限りわからないはずの――先王暗殺の様子を芝居で再現して見せたところ、果たして王が驚いて立ちあがったため、ハムレット王子は王の犯罪を確信する。そしてその直後、罪の意識に駆《か》られて祭壇に跪《ひざまず》く王を見つけた王子は、チャンスだとばかり背後からそっと近づいて剣を振り上げるものの、祈りの最中に殺したのでは仇《かたき》を天国へ送るだけのことだと考えて剣を収めてしまう。

それからハムレット王子は母の居室へ向かい、母が父を忘れてしまったことを責める。心の奥まで見える鏡を見せてやると言って剣を抜くと、母が悲鳴をあげ、壁掛けの背後に潜んでいた男が驚いて叫び声をあげたため、王子は「何だ、鼠《ねずみ》か？」と叫んで壁掛け越しに男を刺し殺してしまうが、男はポローニアスだった。王子はこの殺人のためにイングランド送りとなる。恋人に父を殺されたオフィーリアは気が狂い、歌を歌って花言葉とともに皆に花を配ったりした末、小川で溺《おぼ》れて死んでしまう。

留学先のフランスから飛んで帰って来たオフィーリアの兄**レアーティーズ**は、父と妹の仇を討つことを強く誓う。一方、王子は、王の策略でイングランドについたとたんに殺されることになっていたが、途中海賊に襲われたのを契機にデンマークへ舞い戻り、オフィーリアの葬儀を目の当たりにし、その遺体を抱えて嘆く。

最終場で、レアーティーズはハムレット王子と剣の試合をして、毒塗りの剣で王子を殺そうとする。だが、王が用意した毒杯を妃《きさき》が誤って飲んで死んでしまい、自ら毒の剣に傷ついたレアーティーズは王の悪事を暴露する。ハムレットは杯に残った毒を王に飲ませて殺し、自分も毒の剣に傷ついて死ぬ。最後にノルウェー王子**フォーティンブラス**が登場し、この国の統治権を主張し、ハムレットの葬儀を命じる。

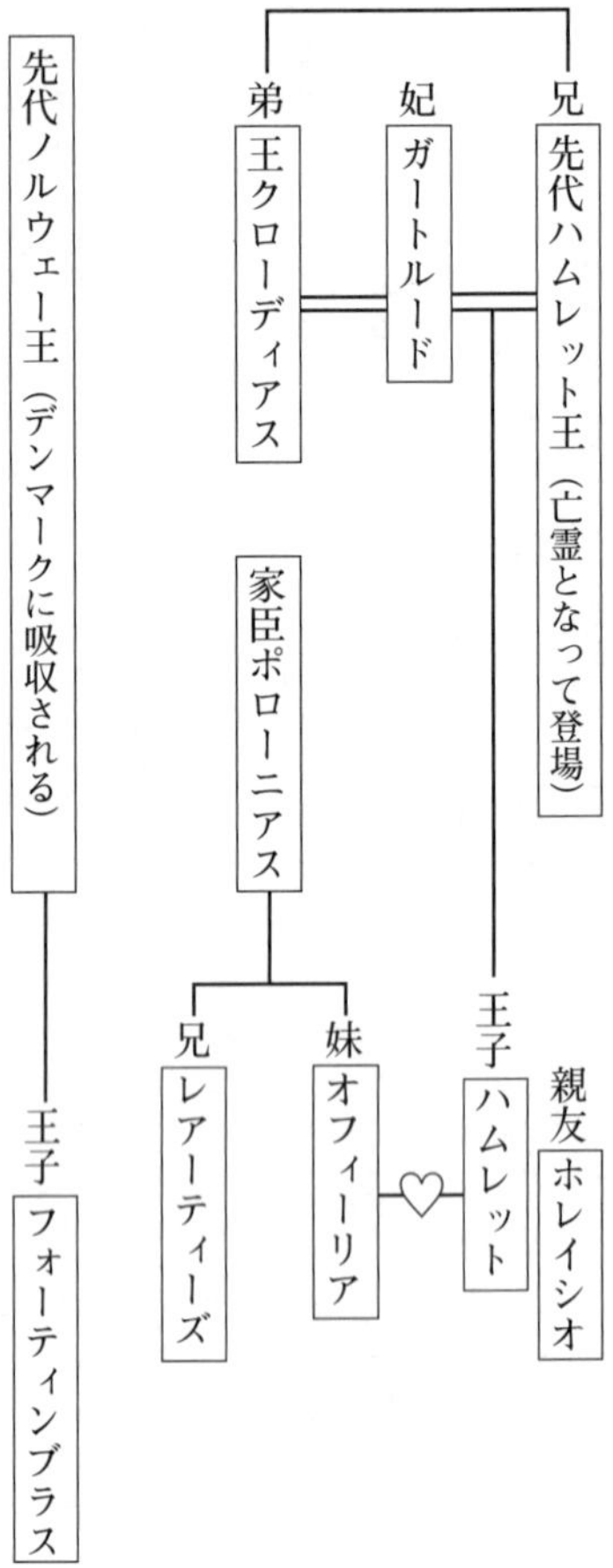

作品の背景とポイント

古いデンマーク伝説をもとにした、シェイクスピア悲劇の最高峰。

ハムレットが優柔不断な若者だという解釈が広まったのはロマン派の影響である。復讐劇として始まりながら、復讐劇ではなくなってしまう構造をおさえておくのがポイント。最終場でクローディアスを殺す際にハムレットは「父の仇！」と叫ばない

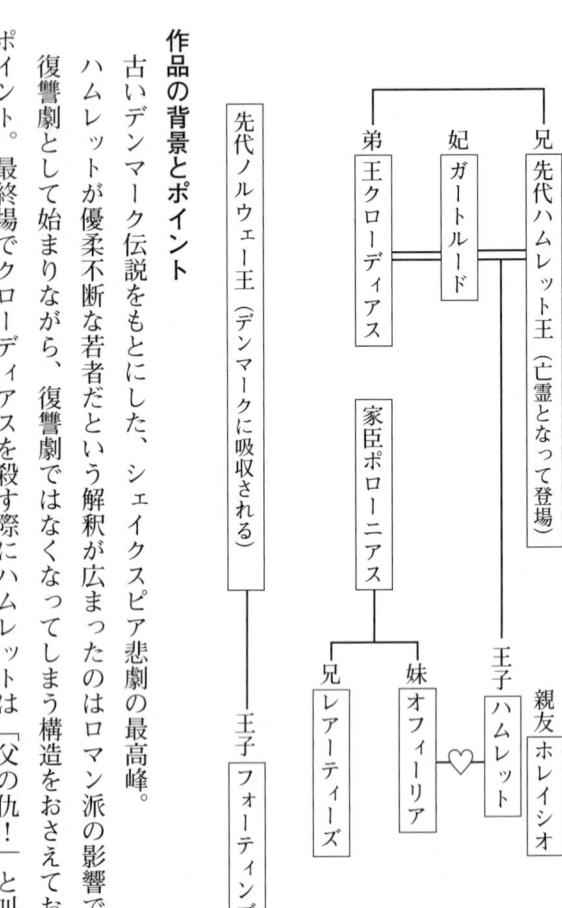

し、そもそも第五幕に入ってから父親への言及は一切なくなっている。劇の焦点は、生きるとはどういうことかという問題へ移っている。きわめて哲学的な劇なのだ。

名台詞

弱き者よ、汝《なんじ》の名は女。（第一独白、第一幕第二場）

Frailty, thy name is woman!

――父が死んで間もないのに母が叔父と再婚したのは、母の女としての弱さゆえだとハムレットは考える。聖書のなかにある「女は弱き器《うつわ》」という表現と呼応する。

簡潔さこそは知恵の要。（第二幕第二場）

Brevity is the soul of wit.

――格言好きで饒舌《じょうぜつ》なポローニアスが、自分が要領を得ない長話をしているのを棚に上げて言う。悲劇のなかの笑い（コミック・リリーフ）。

生きるべきか、死ぬべきか、それが問題だ。

To be, or not to be, that is the question.

（第四独白、第三幕第一場）

——思春期の若者が自殺を考える台詞ではない。「苦しい人生をじっと耐え忍ぶべきか、それとも、あと先を考えずに行動に踏み切ってすべてを終わらせるべきか」と悩んでいるのである。ハムレットは叔父が本当に父を殺したのか確信できないでおり、真相をつきとめる時をじっと待っている。それを耐え難く思うハムレットは、いっそのこと武器をとって、叔父もろとも自分も死んでしまってもいいのではないかと悩む。だが、死後の世界にどんな苦しみがあるかわからぬがゆえに、この世に踏みとどまるしかないと考えるのである。

尼寺へ行け。

Get thee to a nunn'ry.

（第三幕第一場）

——第四独白直後の「尼寺の場」で、オフィーリアを突き飛ばしながら言う台詞。ハムレットはオフィーリアを愛しているが、自分の肉欲をかきたてる女が目の前にいては、神に代わって正義を行なうという神聖な大仕事を成し遂《と》げられるはずがない。それゆえ、彼女を強く欲すれば欲するほど、激しく彼女を突き飛ばして、聖域である尼寺で穢《けが》れないままでいてほしいと願う。ところが、何も知らないオフィーリアは、ハムレットが狂ってしまったと誤解する。

雀《すずめ》一羽落ちるのにも神の摂理《せつり》がある。無常の風は、いずれ吹く。……覚悟がすべてだ。……なるようになればよい。

（第五幕第二場）

There is special providence in the fall of a sparrow. If it be now, 'tis not to come... the readiness is all... let be.

——ハムレットは、第五幕で悟りを啓《ひら》く。自力のみを頼ってあれかこれかと悩むのではなく、もう一つ高い次元で、神の導きのまま自力のすべてを出し切って最善の生き方をしようという悟りである。

オセロー *Othello*

――推定執筆年一六〇三～四年、初版一六二二年

舞台はイタリアのヴェニス（ヴェネチア）。ムーア人将軍**オセロー**の部下である旗手**イアーゴー**（28歳）は、「正直者のイアーゴー」と呼ばれていたが、実はオセローに悪意を抱《いだ》いていた。ある夜、オセローはヴェニス元老院議員《げんろういんぎいん》**ブラバンショー**の美しい娘**デズデモーナ**と密《ひそ》かに結婚をした。それを知ったイアーゴーは、娘に横恋慕《よこれんぼ》する紳士**ロダリーゴー**を唆《そそのか》して、ブラバンショー邸の前で「娘さんがオセローに盗まれた」と騒がせる。そのとき真夜中にもかかわらず、敵のトルコ艦隊がキプロス島に迫《せま》っているという緊急事態ゆえに議会が招集される。ブラバンショーは議会の席で「娘を奪われた」と**ヴェニス公爵**に訴え出るが、呼び出されたデズデモーナ本人が夫オセローへの愛を明言したため、訴えは退《しりぞ》けられる。オセロー将軍はキプロス島総督《そうとく》に任命され、妻を連れて任地に赴《おもむ》くことを許される。

オセローとともにキプロス島にやってきたイアーゴーは、自分をさしおいて副官になった**マイケル・キャシオー**への恨《うら》みを晴らすため、飲めない酒をキャシオーに無理

に飲ませて酔わせた上、ロダリーゴーを唆して喧嘩《けんか》をさせる。キャシオーは逆上し、喧嘩を止めに入ったキプロス島前総督モンターノーを傷つけてしまい、副官を解任される。イアーゴーは、落ち込むキャシオーを慰《なぐさ》めるふりをして、将軍の奥様に取りなしを頼めば大丈夫と知恵をつける一方、デズデモーナとキャシオーの関係が疑わしいから気をつけたほうがいいとオセローに耳打ちする。このため、デズデモーナがキャシオーの復職を熱心に頼み込めば込むほど、オセローは不快に思う。

オセローは「自分はつまらぬ疑いに心を惑《まど》わされたりはしない。疑うなら証拠をつかむだけのことだ」と断言するものの、イアーゴーに「私は同国人の気質がよくわかっています。ヴェニス女は悪いことをしても亭主には隠すものです」と言われると、黒人である自分には理解できないところがあるのかと不安を感じてしまう。「正直者のイアーゴー」はオセローの想像力を悪いほうにどんどん刺激し、ついにオセローは耐えられなくなって「証拠を見せろ」と激しくイアーゴーに迫る。

デズデモーナの侍女《じじょ》**エミリア**は、オセローがデズデモーナに贈った苺《いちご》の刺繍《ししゅう》のあるハンカチを拾うと、ずっと前から夫イアーゴーにこのハンカチを手に入れるように言われていたことを思い出して、夫イアーゴーに渡してしまう。

イアーゴーはオセローに「苺の刺繍のあるハンカチをキャシオーが使っていた」と伝え、疑惑を植えつける。オセローはデズデモーナのところへ行き、ハンカチを出せと要求するが、デズデモーナはなくしてしまったことを知られまいとしてごまかしたため、オセローの疑惑は強まる。その一方で、イアーゴーがそのハンカチをキャシオーの部屋に落としておいたところ、キャシオーはそのきれいな模様を写し取ってほしいと馴染《なじ》みの娼婦《しょうふ》**ビアンカ**に渡す。ビアンカがそれをキャシオーに返すところを目撃したオセローは、ついに証拠をつかんだと考え、デズデモーナの首を絞めて殺してしまう。気づいたエミリアが騒ぎ立て、オセローと話すうちに夫の姦計《かんけい》に気づき、集まってきた一同に「あのハンカチは私が見つけて亭主にやったんだ」と明かす。イアーゴーは口封じのために妻を殺し、捕えられる。真実を知ったオセローは、イアーゴーに斬りかかるが、まわりに止められる。オセローは、無実の妻を殺してしまったことを悔《く》い、自分は「賢《かしこ》い愛し方はできなかったが愛しすぎてしまった男」(one that lov'd not wisely but too well) なのだと言い、隠し持っていた短剣で喉《のど》を刺して死ぬ。

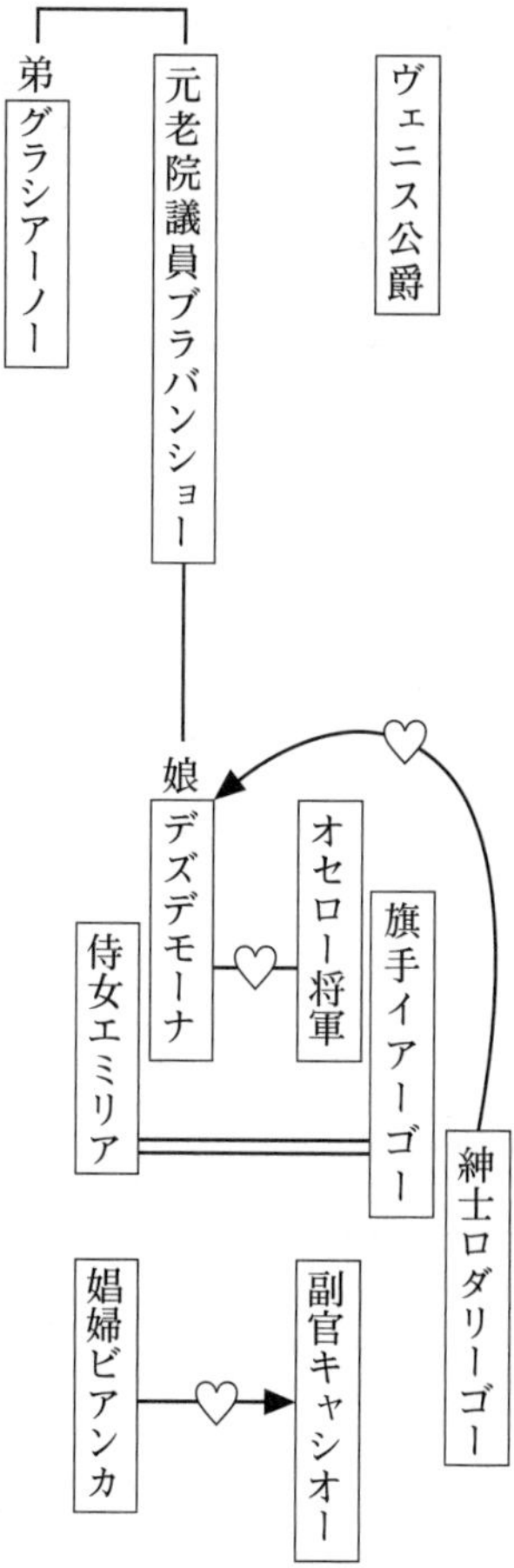

作品の背景

種本《たねほん》であるチンティオの『百話集』（一五六五年出版）では、ムーア人（黒人）の妻となった美女デズデモーナに横恋慕した旗手（イアーゴーに相当）が、相手にされなかったことを逆《さか》恨みして、盗んだハンカチを証拠にムーア人に妻の浮気を信じさせた上、旗手本人が砂袋でデズデモーナを殴打して殺すという筋。シェイクスピアは、崇高な愛情だったものが嫉妬《しっと》へと変貌《へんぼう》する黒人の心理の変化を克明《こくめい》に描き込んだ。

ここがポイント

批評家トマス・ライマーが『悲劇管見《かんけん》』（一六九三）で、この芝居の教訓は「良家の娘は黒人と駆《か》け落ちすべからず。人妻はハンカチを失くさぬよう用心すべし。夫は証拠を十分確認せずに嫉妬すべからず」とまとめたが、証拠をきちんと吟味しなかったオセローを愚か者だと決めつける前に、黒人蔑視《べっし》が当たり前だった時代に、絶世の美女を妻にした黒人の武人が抱える精神的な弱さにイアーゴーが巧《たく》みにつけ込んだという点を理解する必要がある。激しい愛は、ベクトルの向きが狂ってしまうと、激しい嫉妬になるということを演劇的に描いた作品である。

名台詞

それくらいなら
俺は自分の心臓を袖《そで》先にぶらさげて
カラスにでもつつかせるさ。今の俺は俺じゃない。
（第一幕第一場）

'tis not long after

But I will wear my heart upon my sleeve
For daws to peck at: I am not what I am.

——イアーゴーはオセロー将軍の忠実な家来であるかのように装《よそお》っているが、実は本心は違うのだと、紳士ロダリーゴーに打ち明ける台詞。「今ある私は、本当の私ではない」という意味の I am not what I am は、『十二夜』の主人公である男装のヴァイオラも口にする。

俺たちがこうなるのも、ああなるのも、俺たち次第さ。俺たちの体は庭で、俺たちの意志はその庭師だ。

（第一幕第三場）

'tis in ourselves that we are thus or thus. Our bodies are our gardens, to the which our wills are gardeners.

——人文学者ピコ＝デラ＝ミランドラが主著『人間の尊厳について』で述べたように、人の生き方が定まっていた中世とは違って、自由意志を持つ人間は自らの生き方を自由に決定できるとした発想が、ルネサンスの時代にあった。シェイクスピアが自分で運命を切り拓《ひら》こうとする魅力的な人物を多く描いているのも、ルネサンス的といえる。

ああ、嫉妬にお気をつけください、閣下、
嫉妬というのは緑の眼をした怪物で、
餌食《えじき》にした相手を嘲《あざけ》るのです。

（第三幕第三場）

O, beware, my lord, of jealousy!
It is the green-ey'd monster which doth mock
The meat it feeds on.

——イアーゴーは忠実な部下を装ってオセローにこう言うが、この怪物とはオセローを騙《だま》して嘲ろうとしているイアーゴー本人にほかならない。イアーゴーは、妻をオセローに寝とられたと思い込み、嫉妬に狂う。S・T・コールリッジはこれを「動機なき悪意」(motiveless malignity)と呼んだが、イアーゴーの悪意には明確な動機がある。

リア王　*King Lear*

――推定執筆年一六〇五〜六年、初版一六〇八年

引退を決意したブリテンの老王**リア**が、三人の娘に王国を分割しようとし、どれほど父を愛しているか言うように命じる。長女**ゴネリル**と次女**リーガン**は多くの領地を手に入れようと父への愛を大仰《おおぎょう》に言いたてるが、最愛の末娘**コーディーリア**は「何も言うことはありません」と言い、怒った王に勘当《かんどう》される。止めに入った忠臣**ケント伯爵**は追放され、コーディーリアは持参金なしでフランス王に嫁《とつ》いでいく。

その後、長女ゴネリルのもとへ身を寄せたリアの前に、追放されたケントが別人になりすまして登場し、再びリアに仕える。リアはゴネリルから供回《ともまわ》りの騎士を減らされ、敬意や愛情のかけらもない扱いを受けて愕然《がくぜん》とする。リアに失礼な態度をとったゴネリルの執事**オズワルド**を懲《こ》らしめたケントは、リーガンとその夫である**コーンウォール公爵**によって足枷《あしかせ》をはめられる。リアは「王の使者に非礼を働くのは人殺しよりも悪辣《あくらつ》だ」と激怒。リーガンとゴネリルの薄情さをはっきりと知ると、リアは怒って**道化**《どうけ》を連れて嵐のなかへ出ていく。リーガンは門を閉め、父が死んでもかまわない

という態度を示し、リアは嵐のなかで「風よ吹け、天よ裂《さ》けろ！」と怒号《どごう》する。

以上が主筋。この劇は、王の家臣**グロスター**伯爵が、愛人に産ませた次男**エドマンド**をケント伯爵に紹介するところから始まるが、副筋ではこのエドマンドが、父と正妻の長男**エドガー**を陥《おとしい》れ、父をも裏切って家督を手に入れようとする。エドガーは、難を逃れるため〝裸の狂人トム〟に変装し、嵐のなかで狂乱の王と出会う──そこから主筋と副筋が混ざり合う。王を助けようとしたグロスターは、裏切り者としてリーガンとその夫コーンウォール公爵から拷問を受け、両目をえぐられて放り出される。

グロスターはエドマンドに騙《だま》されていたと知るが、荒野で出会った〝トム〟こそ自分が誤って憎んでいたエドガーだとはわからぬまま彼に手を引かれていく。やがてグロスターは錯乱した王と荒野で出会い、苦難に耐えて生きる決意をするものの、その後〝トム〟がエドガーだと知ると喜びのあまり絶命する。一方、リアは、軍隊を率いてブリテンに上陸したフランス王妃コーディーリアに救われ、愛娘に赦《ゆる》しを乞《こ》う。

しかし、フランス軍は、伯爵に成りあがったエドマンドと彼を慕《した》うゴネリルとリーガンが率いるブリテン軍に敗れ、リアとコーディーリアは投獄される。最後に、エドガーがエドマンドと決闘してこれを倒し、ゴネリルは嫉妬《しっと》ゆえにリーガンを毒殺した末、夫**オールバニー公爵**に悪事を暴《あば》かれて自殺する。最後に、獄中のコーディーリアたちを救おうするが、時すでに遅く、コーディーリアは絞首刑に処せられていた。リアは、その遺体を抱きかかえながら登場し、その死を激しく嘆いて、息絶える。

リア王

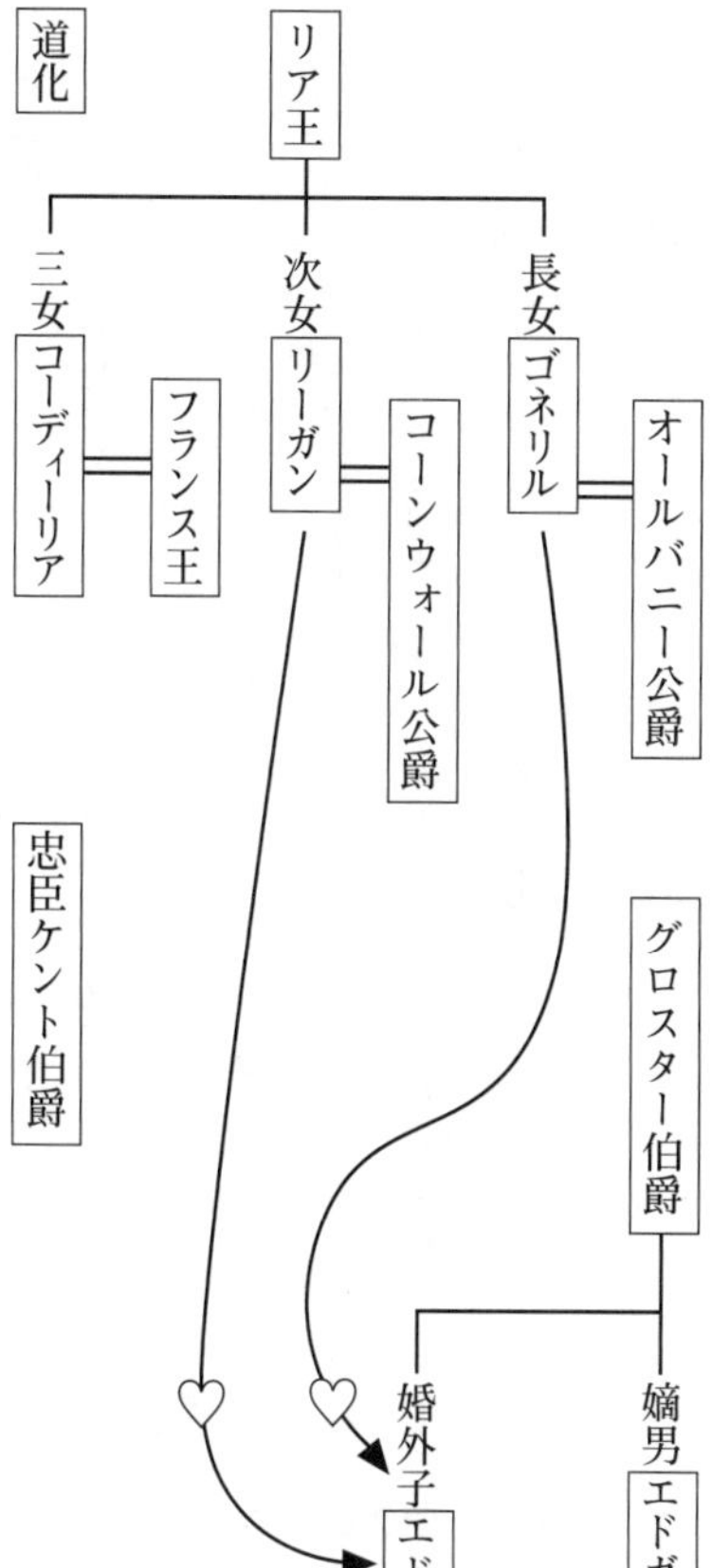

作品の背景

一五九〇年代に上演された作者不明の劇『レア王とその三人娘、ゴネリル、レーガン、コーデラの実録年代記』を種本《たねほん》として、道化やグロスターの副筋などを書き加えた作品（ただし、『リア王』をもとに『レア王』が書かれたとする説もある）。一六八一年から一五〇年以上に亘《わた》ってネイハム・テイトの改作――コーディーリアが死なずにエドガーと結ばれ、リア王は復位して、めでたしめでたしとなる――が上演され、『リア王』は長いあいだハッピー・エンドだと思われていた。

ここがポイント

実の子が親を平気で死に追いやるという点で、殺伐《さつばつ》たる現代に通じる作品とされる。二〇世紀後半には、シェイクスピアの最高傑作とさえいわれた。古い版が二つあり、初版のクォート版『リア王の物語』（一六〇八）では単なる悪女だったゴネリルとリーガンが、改訂後のフォーリオ版『リア王の悲劇』（一六二三）では、古い時代を切り捨てる合理主義者として描かれ、より複雑な葛藤《かっとう》が描き込まれている。

名台詞

何もないところから何も生まれはせぬ。言い直せ。（第一幕第一場）

Nothing will come of nothing, speak again.

――父をどれほど愛しているか言わせようとしたリア王が、コーディーリアの「何もありません」（Nothing）という返事に驚愕《きょうがく》して言う台詞。本当に父を愛するコーディーリアは、姉たちが大仰に並べ立てたおべっかに嘘を感じて、父を愛するのは当然の義務だと考えた。

リア王　わしが誰か言えるのは誰だ

道化　リアの影法師《かげぼうし》だい。（第一幕第四場）

Lear. Who is it that can tell me who I am?

Fool. Lear's shadow.

――実の娘たちから冷たくあしらわれたリア王は、父親として、そして王としての尊厳を失って、自分が何者なのかと問う。

ああ、必要を論ずるな。どんなに卑しい乞食でも、
貧しいもののなかに余計なものを持っている。

（第二幕第四場）

O, reason not the need! our basest beggars
Are in the poorest thing superfluous.

——リアは、供回りの騎士など一人も要らないだろうと言われる。だが、リアが求めているのは自らの威厳を示す「飾り」なのである。

「最悪だ」などと言えるうちは、
まだ最悪ではない。

（第四幕第一場）

The worst is not
So long as we can say, "This is the worst."

——エドガーは、正気を失った浮浪者トムに身をやつし、自分が最悪の状況にあると思っていたが、目を失った父の哀れな姿を見て、下には下があると知る。

人間、生まれるときに泣くのはな、
この大いなる阿呆《あほう》の舞台に上がってしまったからなのだ。（第四幕第六場）

When we are born, we cry that we are come
To this great stage of fools.

——「人生は芝居、人は役者」という「世界劇場」（テアトラム・ムンディ）の概念に基づくリアの台詞。

なぜ犬や馬やネズミには命があるのに、
おまえは息をしないのだ？　おまえはもう戻らない。
もう二度と、二度と、二度と、二度と、二度と！（第五幕第三場）

Why should a dog, a horse, a rat, have life,
And thou no breath at all? Thou'lt come no more,
Never, never, never, never, never!

——コーディーリアの死を嘆くリアの台詞。この直後リアも死ぬ。

マクベス *Macbeth*

——推定執筆年一六〇六年、初版一六二三年

スコットランドの将軍にしてグラームズの領主**マクベス**は、仲間の将軍**バンクォー**と凱旋《がいせん》途中、荒野で三人の**魔女**と出会い、「万歳、マクベス、やがて王となるお方」と挨拶《あいさつ》され、王になる野望を抱く。早速このことを妻に伝えたマクベスは、自分の城に泊まりにきた王**ダンカン**を暗殺しようと妻と計画するが、従兄《いとこ》でもある善良な王を殺してはならないと一旦《いったん》は思いとどまる。急に弱腰になった夫に対し、**マクベス夫人**は「私なら一旦やると誓ったなら、自分の乳を吸ってにこにこ笑う可愛い赤ん坊の柔らかい歯茎から乳首をもぎとり、その脳みそを叩き出してみせます……。勇気の弓をひきしぼれば、しくじるものですか」と叱咤《しった》する。夫人に励まされて、ついにマクベスは殺害を遂行《すいこう》するが、犯行直後、「もう眠るな！　マクベスは眠りを殺した」という声が屋敷じゅうに響いたように思ったマクベスは恐怖に怯《おび》える。夫が犯行に用いた短剣を手にしたままだと気づいた妻は、怯える夫の代わりにそれを殺人現場へ置きに行き、王の寝室の二人の護衛たちに血をなすりつけて血まみれの手で帰ってくる。や

がて城の門を叩く音が大きく聞こえ、夫人に急《せ》かされて寝室へ戻るマクベスはすっかり後悔して、「ダンカンを起こしてくれ、その音で。起こせるものなら！」と叫ぶ。

朝早く、ファイフの領主**マクダフ**が王を起こしにやってきて、王が殺されているのを発見し、城内は騒然となる。マクベスは、血まみれで眠りこけていた護衛たちこそ犯人だとして二人を直《ただ》ちに斬り捨ててしまう。身の危険を感じた王子**マルカム**と**ドナルベイン**が逃亡したのち、マクベスは王子たちこそ暗殺を指示した黒幕だと宣言して念願の王位に就《つ》くが、魔女たちが「バンクォーの子孫が王になる」と予言したことが気になって落ちつくことができない。そこで、マクベスは人を雇ってバンクォーを暗殺させるものの、刺客《しかく》たちはその息子**フリーアンス**を取り逃がしてしまう。やがて、宴会の席に血まみれのバンクォーの亡霊が現われ、マクベスは大いに慌《あわ》てふためく。

不安に駆《か》られたマクベスは、再び魔女たちと会って、未来がどうなるのか教えろと求める。魔女たちはさまざまな幻影を見せ、「ファイフの領主マクダフに注意せよ」という警告と、「女から生まれた者にマクベスは倒せぬ」、「バーナムの森がダンシネーンの丘に向かってくるまでは、マクベスは決して滅びぬ」という予言を与える。マクベスはこの予言で自分の身は守られたと思い、すっかり安心してしまう。

その頃、ファイフの領主マクダフは祖国を憂《うれ》えて、密かに王子マルカムのもとへ行き、決起を促《うなが》していた。マルカムは慎重にマクダフの真意を見極めたのち、すでに叔父**ノーサンバランド伯爵**の協力を得て挙兵する準備を整えていることを明かし、ともにマクベス打倒に立ち上がることにする。そこへ、マクベスの命令によってマクダフの妻子が惨殺されたとの報が入る。悲嘆にくれるマクダフは強く復讐を誓う。

一方、マクベス夫人は夢遊病にかかり、「消えろ、忌《い》まわしい染《し》み……ファイフの領主には妻がいた。今はどこ？……やってしまったことは元には戻らない」などと、うわ言を言いながら手をこすり続ける。マクベスは妻の病気を治してほしいと医者に頼むが、なすすべはない。そして、ダンシネーンの城に籠城《ろうじょう》してマルカム軍を迎え撃《う》とうとしている最中、妻の死を知らされたマクベスは、人生の虚しさを感じる。

進軍を進めるマルカムは、兵の数を隠すためにバーナムの森から大きな枝を切って兵士たちに掲《かか》げさせる。バーナムの森が動き出したのである。動揺するマクベスは、それでも「女から生まれた者にマクベスは倒せぬ」というまじないゆえに自分は不死身だと信じて戦うが、マクダフから「自分は、生まれる前に、母の腹から月足らずで引きずり出された」のだと明かされ、ついにマクダフに討《う》ちとられる。

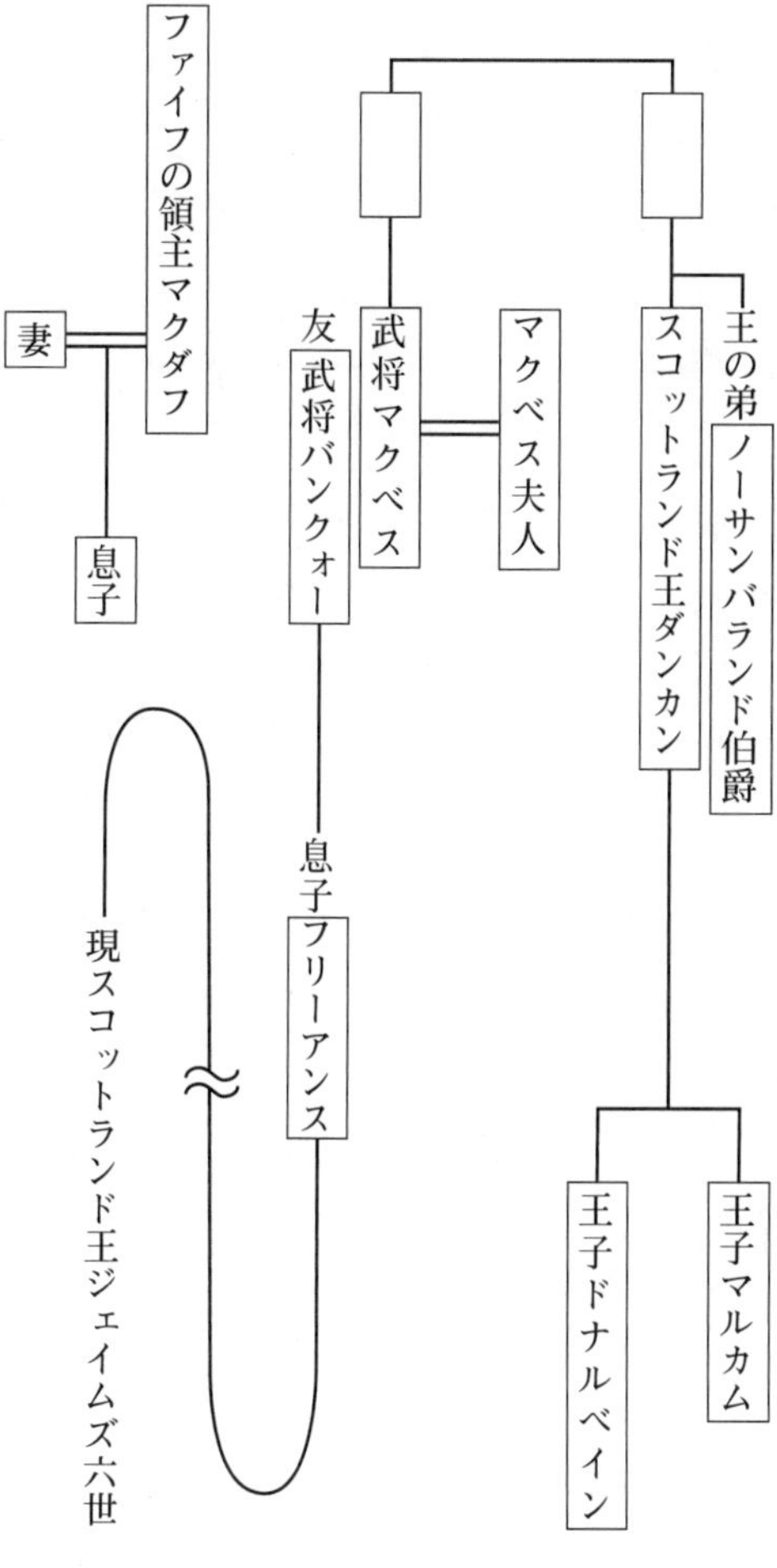

作品の背景

シェイクスピア悲劇のなかで最も短い作品。歴史家ホリンシェッドの『年代記』に記されたスコットランド史に取材して書かれている。そこには、一一世紀のスコットランド王ダンカンの従弟である武将マクベスが、武将バンクォーとともに逆賊を制圧した帰途《きと》、三人の魔女から予言を受けたという記述がある。それによれば、マクベスはバンクォーと協力して王を殺害し、マルカムとドナルベインの二人の王子が身の危険を感じて逃亡したのち、三日天下どころか一〇四〇年から一〇五七年まで一八年に亘《わた》って平和な統治を行なったという。史実では、マクベスは名君だったのである。

ここがポイント

黒澤明《くろさわあきら》監督が翻案した映画『蜘蛛巣城《くものすじょう》』(一九五七)は世界的に評価が高く、蜷川《にながわ》幸雄《ゆきお》が「世界のニナガワ」と言われるきっかけとなった所謂《いわゆる》「仏壇マクベス」(一九八〇)は伝説的。狂言師野村萬斎《のむらまんさい》も自らの主演・演出でソウルとニューヨーク公演(二〇一三)を果たすなど、記録に残る舞台が多い。

名台詞

きれいは汚い、汚いはきれい。（第一幕第一場）

Fair is foul, and foul is fair.

――冒頭の魔女の台詞。オクシモロン（撞着語法《どうちゃくごほう》）は、この劇のモチーフの一つ。

明日《あした》、また明日、そしてまた明日と、
記録される人生最後の瞬間を目指して、
時はとぼとぼと毎日歩みを刻んで行く。
そして昨日という日々は、阿呆《あほう》どもが死に至る塵《ちり》の道を
照らし出したにすぎぬ。消えろ、消えろ、束の間の灯火《ともしび》！
人生は歩く影法師、哀れな役者だ。
出番のあいだは大見得《おおみえ》切って騒ぎ立てるが、
そのあとは、ぱったり沙汰止《さたや》み、音もない。

白痴《はくち》の語る物語。何やら喚《わめ》きたててはいるが、
何の意味もありはしない。

（第五幕第五場）

To-morrow, and to-morrow, and to-morrow,
Creeps in this petty pace from day to day,
To the last syllable of recorded time;
And all our yesterdays have lighted fools
The way to dusty death. Out, out, brief candle!
Life's but a walking shadow, a poor player,
That struts and frets his hour upon the stage,
And then is heard no more. It is a tale
Told by an idiot, full of sound and fury, / Signifying nothing.

――妻の死を知らされたマクベスが人生の虚しさを感じて語る台詞。人を役者に譬《たと》え、人生を芝居に譬える世界劇場（テアトラム・ムンディ）の思想に基づいている。

その他の悲劇

ここに「その他の悲劇」としてまとめた作品は、『ロミオとジュリエット』以外は、すべて「ローマ史劇」というジャンルで括《くく》れる。ローマ史劇とは、古代ローマを舞台にその政治世界を描いた次の四つの作品だ。扱われた時代順に並べると——。

『コリオレイナス』——紀元前五世紀の伝説的将軍ガイウス・マルキウス・コリオラヌスに取材した作品。

『ジュリアス・シーザー』と『アントニーとクレオパトラ』——紀元前一世紀、ローマが共和制から帝政へ移行する激動期を描いて連続する作品で、どちらにもマーク・アントニー（マルクス・アントニウス）が登場する。シーザー（カエサル）が倒されたのは紀元前四四年で、ブルータス（ブルトゥス）が死ぬのは紀元前四二年。『アントニーとクレオパトラ』はその二年後から約一〇年に亘《わた》る出来事を描く。

『タイタス・アンドロニカス』——この作品だけは実際のローマ史を描いたものではないので「ローマ史劇」のジャンルに含めない場合もあるが、他のローマ史劇と同様に、プルタルコスの『対比列伝《たいひれつでん》』（通称『英雄伝』）から材を採《と》っている。おそらく古代ローマ帝国とゴート族との対立の激しかった四〜五世紀を舞台に想定していると思われる。

なお、古代ギリシャを舞台とする『アテネのタイモン』は以上のローマ史劇に分類しないのが普通ではあるが、この作品に登場するアルキビアデス（アルシバイアディーズ）は、コリオレイナスと対比される人物であり、プルタルコスの『対比列伝』でもそのように対比されている。その意味で『コリオレイナス』と『アテネのタイモン』は並べて考えるべきところがある。

ローマ史劇でもなく四大悲劇にも入らない『ロミオとジュリエット』だけが、特殊な位置を占める。

『ロミオとジュリエット』が四大悲劇のなかに入らない理由は、この作品が初期の作品であるためだが、劇の構造も四大悲劇とはかなり違っている。すなわち劇の前半に悲劇的な要素がなく、滑稽《こっけい》な乳母《うば》やマキューシオによりユーモラスな展開となっており、マキューシオとティボルトが死んだ時点で急転直下、悲劇と変わるのである。

タイタス・アンドロニカス　*Titus Andronicus*

——推定執筆年一五九二〜四年
初版一五九四年

古代ローマ。勇猛の誉《ほま》れ高い将軍**タイタス・アンドロニカス**は、ゴート族の女王**タモーラ**とその三人の息子を捕虜として引き連れて祖国ローマに凱旋《がいせん》し、戦死した息子たちを弔《とむら》うために、女王の嘆願を無視してゴート族の王子**アラーバス**を生贄《いけにえ》とする。

ローマではちょうど皇帝が亡くなったところで、皇帝の嫡男**サターナイナス**は、タイタスによって新皇帝に選ばれたため、タイタスの娘**ラヴィニア**を妃《きさき》とすると発表する。ところが娘は新皇帝の弟**バシエーナス**の許嫁《いいなずけ》であり、タイタスの息子たちもバシエーナスに味方してこの縁組に反対したため、逆上したタイタスは自分の末子**ミューシャス**を斬り捨ててしまう。これを契機に新皇帝はタイタスへの侮蔑《ぶべつ》の意をあからさまにし、美しいゴート族女王タモーラを妃にすると告げる。これは、ゴート族を鎮《ちん》定《てい》してきたタイタスにとって、考えられない事態であった。そして、これよりローマ皇帝妃タモーラのタイタスへの復讐が始まるのである。

権力を得たタモーラは、ムーア人（黒人）の愛人**アーロン**の助力を得ながら、自分の息子たち（**カイロン**と**ディミートリアス**）に皇帝の弟バシエーナスを殺害させた上、ラヴィニアを強姦させ、犯人の名を告げられないよう、両手を切断し、舌を抜かせる。しかも、その罪をタイタスの二人の息子に着せて逮捕し、死刑を宣告する。

悲惨な姿となった娘を見たタイタスが嘆いていると、すべての悪の仕掛け人であるアーロンがやってきて、タイタス一族の誰かの手を切り落として差し出せば、二人の息子の命を救うと申し出る。タイタスの弟の護民官《ごみんかん》**マーカス**が自分の手を切り落とそうとするのをとどめて、タイタスは自分の手を切り落として差し出すが、その代わりに届けられたのは息子たちの生首であった。

ラヴィニアは口に棒をくわえて、砂の上に犯人の名を記す。それを見たタイタスは復讐を決意し、妃の息子たちを殺し、その肉でパイを作り、妃と皇帝に食べさせた上で妃を殺す。皇帝は直《ただ》ちにタイタスを殺すが、タイタスの長男**ルーシャス**が皇帝を倒す。ルーシャスは国外追放となっていたが、ゴート族を味方につけてローマに進軍していたのである。アーロンは死刑になるが、彼が妃に生ませた肌の黒い赤子の命は助けられる。新しい皇帝に選ばれたルーシャスは、幼い息子とともにタイタスを弔《とむら》う。

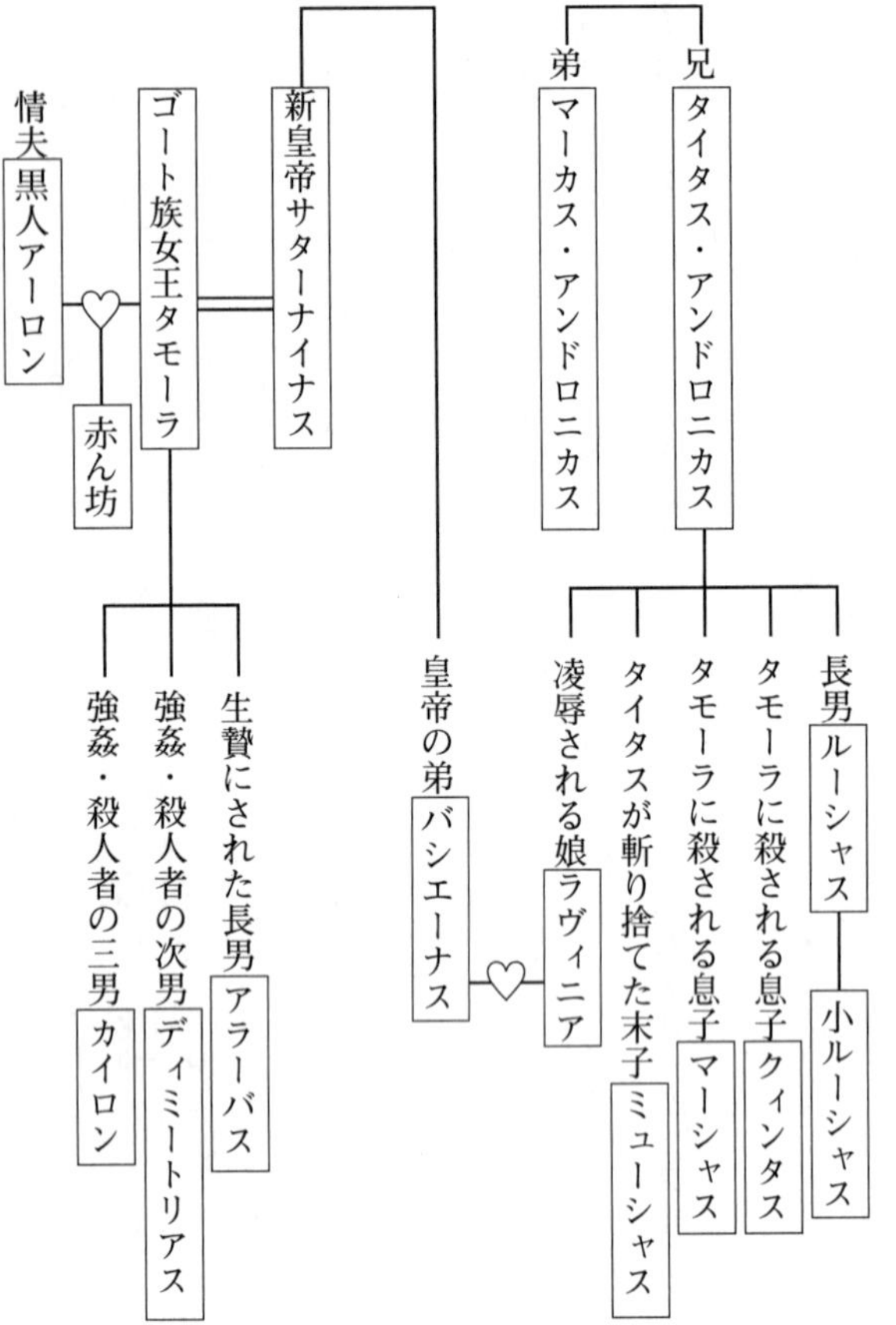
兄
タイタス・アンドロニカス
弟
マーカス・アンドロニカス
新皇帝サターナイナス
ゴート族女王タモーラ
情夫
黒人アーロン
赤ん坊
長男
ルーシャス
小ルーシャス
タモーラに殺される息子
クィンタス
タモーラに殺される息子
マーシャス
タイタスが斬り捨てた末子
ミューシャス
凌辱される娘
ラヴィニア
皇帝の弟
バシエーナス
生贄にされた長男
アラーバス
強姦・殺人者の次男
ディミートリアス
強姦・殺人者の三男
カイロン

ここがポイント

シェイクスピア作品のなかで最も血腥《ちなまぐさ》い復讐劇。ギリシャ神話にあるピロメーラーの逸話——義兄テーレウスに強姦され、舌を切られたピロメーラーが、事件をタペストリーに織り込んで姉のプロクネーに知らせ、プロクネーは復讐として夫テーレウスとのあいだに産んだ自分の子を殺して、料理にして夫に食べさせた——に基づく。

名台詞

神々の心に近づこうというのですか。
では、慈悲を示すことで、神に近づいてください。

(第一幕第一場)

Wilt thou draw near the nature of the gods?
Draw near them then in being merciful.

——タモーラの長男を生贄にしようとするタイタスに、タモーラが訴える台詞。復讐の連鎖に終わりはない。もしこの訴えをタイタスが聞いていれば、この復讐悲劇は生まれなかったかもしれない。

ロミオとジュリエット *Romeo and Juliet*

――推定執筆年一五九四〜六年
初版一五九七年

イタリアのヴェローナにある二つの名家**モンタギュー**家と**キャピュレット**家は敵対し合っており、ヴェローナ公爵**エスカラス**の禁令にもかかわらず両家の喧嘩《けんか》騒ぎは絶えなかった。そんななかモンタギューの一人息子**ロミオ**は美しいロザラインへの片思いに悩んでいて、従兄弟《いとこ》の**ベンヴォーリオ**は他の美女に目を向けろとロミオに忠告する。ロザラインが出席する敵方のキャピュレット家の夜会があることを知ると、ロミオは親友**マキューシオ**やベンヴォーリオとともに仮面をつけて出かけることにする。

キャピュレット家では、一三歳の一人娘**ジュリエット**を**パリス**伯爵に嫁《とつ》がせようとしていた。ところが、夜会で娘とロミオは互いに一目惚《ぼ》れをし、夢中になる。その夜ロミオは屋敷の庭に忍び込み、バルコニーに佇《たたず》むジュリエットと愛を語らい、結婚を約束する。翌朝ロミオが**ロレンス神父**のもとに駆けつけて結婚式を依頼すると、神父は、両家の仲違《なかたが》いを解消する手立てになると期待して、二人を密《ひそ》かに結婚させる。

その直後、ロミオはジュリエットの従兄**ティボルト**に喧嘩をふっかけられるが、

「君を愛すべき理由がある」と言って、受けた侮辱を返そうともしない。それを見て憤《いきどお》った親友のマキューシオが代わりに喧嘩を買ってティボルトと斬り結ぶ。ロミオが止めようとして割って入ったとたん、マキューシオはロミオの腕の下から刺されて、絶命する。動顚《どうてん》したロミオはティボルトを斬り殺してしまい、「ああ、俺は運命に弄《もてあそ》ばれる愚か者だ」と嘆く。ロミオは追放を宣告され、悲嘆に暮れるが、その夜ジュリエットと夫婦として契《ちぎ》りを結び、翌朝早く、独《ひと》りマントヴァへ去る。

一方、ジュリエットの父親は、娘が泣いているのは従兄の死ゆえであると早合点して、娘とパリス伯爵との結婚を三日後に決めてしまう。慌《あわ》てたジュリエットは、いつも頼りにしている**乳母**《うば》に助けを求めるが、乳母は二度目の結婚で幸せになれるなどと言う。切羽詰《せっぱつ》まったジュリエットがロレンス神父に相談すると、神父は四二時間仮死状態になる薬をくれる。これを飲んで死んだことにして、ロミオとともに他国へ逃げようという計画だ。ところが、この計画をロミオに伝えるべく神父が出した手紙がロミオに届かず、ジュリエットが死んだと誤解したロミオは、キャピュレット家の霊《れい》廟《びょう》に駆けつけ、眠るジュリエットのそばで服毒自殺をしてしまう。目が覚めたジュリエットは、ロミオの剣を抜いて胸に刺し、ロミオのあとを追う。翌朝、二人の死を嘆く両家の家長は互いに諍《いさか》いをやめることを決意する。

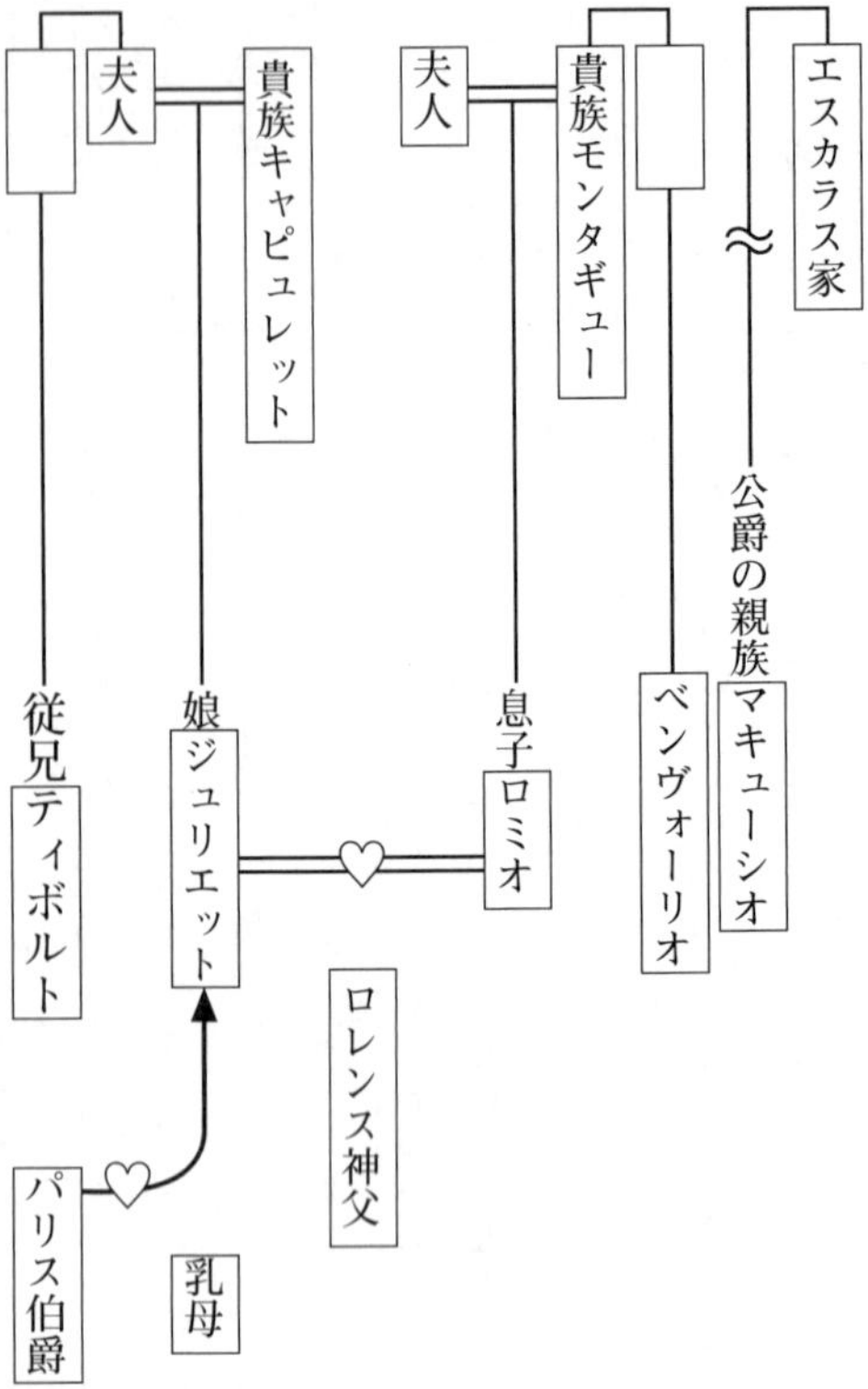

作品の背景とポイント

イタリアの民話をバンデッロがまとめた物語（一五五四）が仏訳され、それをアーサー・ブルックが英語の詩で綴《つづ》った『ロミウスとジュリエットの悲劇の物語』が種本《たねほん》。九カ月のあいだに起こった出来事をシェイクスピアはたった六日間にまとめあげた。すなわち、日曜の朝から始まり、日曜の夜会で二人が出会い、月曜に結婚、その日にロミオがティボルトを殺して追放を命じられ、火曜に後朝《きぬぎぬ》の別れ、火曜の深夜にジュリエットが四二時間仮死状態になる薬を飲み、木曜の夜その薬が切れる直前にロミオが自害、ジュリエットもあと追い自殺、金曜の朝を迎えて終わる。二人が出会って死ぬまでを数えるなら四日間の物語ともいえる。

名台詞

卑しいわが手が、もしもこの
聖なる御堂《みどう》を汚《けが》すなら、どうかやさしいおとがめを。
この唇、顔赤らめた巡礼二人が、控えています、

乱暴に触れられた手をやさしい口づけで慰《なぐさ》めるため。（第一幕第五場）

If I profane with my unworthiest hand
This holy shrine, the gentle fine is this,
My lips, two blushing pilgrims, ready stand
To smooth that rough touch with a tender kiss.

——キャピュレット家の夜会でロミオは、初めて会ったジュリエットの手をとって優しく語りかける。行末《ぎょうまつ》の hand と stand が韻《いん》を踏み、this と kiss が韻を踏む交互韻の詩の形式になっている。ジュリエットも同じ形式で返歌をし、この結果、abab cdcd efef gg と韻を踏む一四行詩（ソネット）が完成し、一四行目に二人はキスを交わす。

たった一つの私の恋が、憎い人から生まれるなんて。
知らずに逢うのが早すぎて、知ったときにはもう遅い。
憎らしい敵《かたき》がなぜに慕《した》わしい。

恋の芽生《めば》えが、恨めしい。（第一幕第五場）

My only love sprung from my only hate!
Too early seen unknown, and known too late!
Prodigious birth of love it is to me
That I must love a loathed enemy.

――ジュリエットはロミオが敵の嫡男《ちゃくなん》だと知って愕然《がくぜん》とする。行末の hate と late が韻を踏み、me と enemy が韻を踏む二行連句（ライミング・カプレット）。極めて技巧的な台詞である。

だが待て、あの窓からこぼれる光は何だろう？
向こうは東、とすればジュリエットは太陽だ！（第二幕第二場）

But soft, what light through yonder window breaks?
It is the east, and Juliet is the sun.

――バルコニーの場。庭に忍び込んだロミオはジュリエットを見つける。

ああ、ロミオ、ロミオ、どうしてあなたはロミオなの。（第二幕第二場）

O Romeo, Romeo, wherefore art thou Romeo?

名前がなんだというの？　バラと呼ばれるあの花は、
ほかの名前で呼ぼうとも、甘い香りは変わらない。（第二幕第二場）

What's in a name? That which we call a rose
By any other word would smell as sweet.

——どちらもバルコニーの場で、ロミオがすぐそばで聞いていると知らずに独りで語るジュリエットの台詞。

おやすみなさい！　別れがこんなに甘くせつないものなら、
朝になるまで言い続けていたいわ、おやすみなさいと。（第二幕第二場）

Good night, good night! Parting is such sweet sorrow,
That I shall say good night till it be morrow.

——バルコニーの場のジュリエットの最後の言葉。二行連句。

ジュリアス・シーザー *Julius Caesar* ――推定執筆年一五九九年、初版一六二三年

ローマの将軍**ジュリアス・シーザー**（ラテン語ではガイウス・ユリウス・カエサル）はポンペイウスとの戦いに勝利し、紀元前四六年夏、ローマへ凱旋《がいせん》して市民の熱狂的歓迎を受ける。シーザーが共和制を廃して皇帝になろうとしていると心配する**ケイアス・キャシアス**（ガイウス・カッシウス・ロンギヌス）はシーザー暗殺を企《たくら》み、**マーカス・ブルータス**（マルクス・ユニウス・ブルトゥス）に暗殺計画に加わるように説得する。ブルータスは、それまでシーザーにいろいろ世話をしてもらったため、シーザー暗殺を決意するまで大いに苦悩し、妻**ポーシャ**（ポルキア・カトニス）に何かあったのかと心配される。通りでは占い師が「三月一五日に気をつけろ」（Beware the ides of March）と何度もシーザーに訴えるが、シーザーは意に介さない。

ついに紀元前四四年の三月一五日がやってくる。前夜、悪夢を見たシーザーの妻**カルパーニア**（カルプルニア）は夫に元老院《げんろういん》へ行かないでくれと訴え、そのあまりの執《しつ》拗《よう》さにシーザーは一旦《いったん》これを聞き容《い》れるものの、**ディーシアス・ブルータス**（デキム

ス・ブルトゥス）が「今日、元老院はシーザーに王冠を捧《ささ》げるはず」と巧《たく》みに誘いをかけたため、シーザーはやはり登院することにする。

そして、広場に出たシーザーは、**キャスカ**（プブリウス・セルウィリウス・カスカ）ら数名の共和主義者に取り囲まれ、殺される。そのなかにはブルータスもいたため、シーザーは「おまえもか、ブルータス？」（Et tu, Brute?）と叫んで死んでいく。

ブルータスは市民たちの前で、「私はシーザーを愛していなかったわけでない。シーザーよりローマをもっと愛したのだ」（Not that I lov'd Caesar less, but that I lov'd Rome more）と説明して市民たちに納得してもらったのち、シーザーの腹心**マーク・アントニー**（マルクス・アントニウス）に、暗殺者を非難しないという条件でシーザー追悼《ついとう》の演説を行なうことを許す。壇上に立ったアントニーは、言葉巧みに「ブルータスは立派な男だ」（Brutus is an honourable man）と繰り返しつつも、偉大なシーザーがいかに市民のことを考えていたかを印象づける演説を行ない、とうとう市民たちを憤《ふん》慨《がい》させ、暴動を起こさせることに成功する。

アントニーは、シーザーの養子**オクテイヴィアス**（オクタウィアヌス）**・シーザー**、およびレピダス（レピドゥス）とともに三頭《さんとう》政治を行ない、ブルータスやキャシアスらと戦うことになる。

ブルータスは、妻ポーシャが自害したという訃報《ふほう》に触れて動揺し、キャシアスと戦略上の言い争いをして激昂《げっこう》する。その後、二人とも落ちついて作戦を考え、フィリパイ出撃を決意するが、直後に、ブルータスのもとにシーザーの亡霊が現われ、呪いをかけていく。

フィリパイの会戦で、キャシアスは奴隷のピンダラスに騙《だま》されて、親友ティティニアスが敵に捕まったと信じて、自害する代わりに奴隷に自分を殺させる。駆《か》けつけたティティニアスは、友の遺体を前に、ローマ人らしく自害する。

ブルータスの部下ルーシリアスは、ブルータスの影武者として捕えられ、「いかなる敵も高潔なブルータスを生きながら捕えることは決してできない」と断言する。果たしてブルータスは、召使《めしつか》いストレイトーに持たせた剣に身を投げて死ぬ。

その遺体を前にしてアントニーは、彼こそ最も高潔なローマ人だったと宣言し、オクテイヴィアス・シーザーは、武人としてブルータスを手厚く葬《ほうむ》ろうと言う。

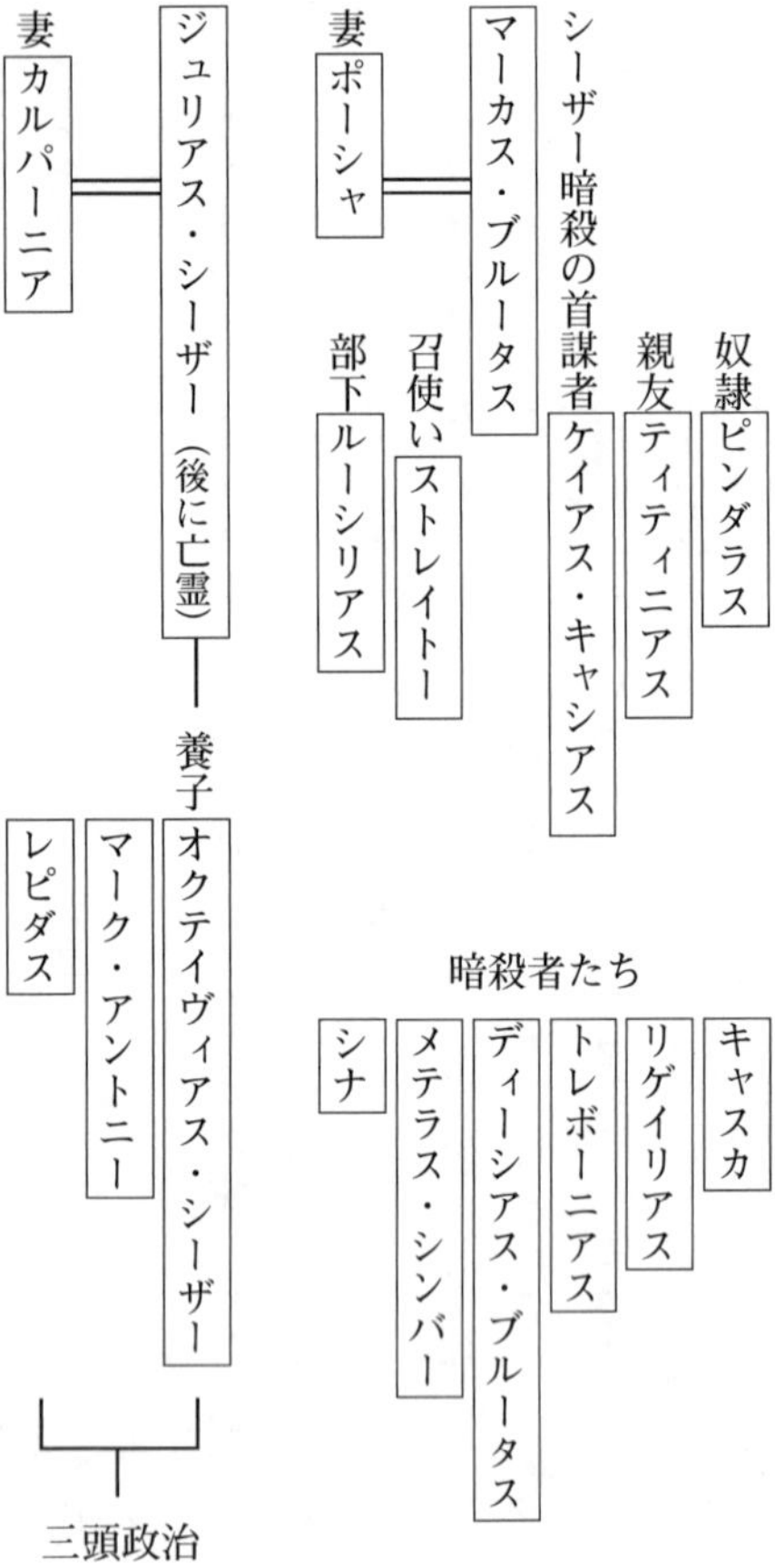

作品の背景

プルタルコス著『英雄伝（対比列伝《たいひれつでん》）』のサー・トマス・ノースによる英訳（一五七九年、再版一五九五年）のなかの「シーザー伝」「ブルータス伝」「アントニー伝」に大きく基づく。「おまえもか、ブルータス？」の台詞は、シェイクスピア以前にも、リチャード・イーデスのラテン語劇『シーザー暗殺』（一五八二）や『ヨーク公爵リチャードの真の悲劇』（一五九五）に出てくる。古くはローマの歴史家スエトニウス著『ローマ皇帝伝』（紀元二世紀）に「息子よ、おまえもか」とあるのが端緒《たんしょ》。

なお、敵の手に落ちるくらいなら名誉の死を選ぶという発想は、自殺を禁じるキリスト教ではありえないが、キリスト教以前の古代ローマでは普通であり、日本の武士道と通じるところがあるといえよう。

ここがポイント

表題のシーザーは第三幕で死ぬ。この劇の主人公はブルータスである。シーザー暗殺の場に次ぐ重要な見せ場は、ブルータスの演説に対して「ブルータス万歳！」と叫んだローマ市民が、アントニーが雄弁をふるうと「打倒ブルータス！」と態度を豹変《ひょうへん》させる場面である。ブルータスの演説が散文によって切々と理屈を説くのに対し、アントニーの演説は弱強五歩格《じゃつきようごほかく》の韻文《いんぶん》で、感情に訴える劇的なものになっている。

名台詞

恐ろしい行動を実際にやってのけるのと、
それを最初に思いつくのとのあいだは、
ありもしない幻影、忌《い》まわしい悪夢のようだ。

Between the acting of a dreadful thing
And the first motion, all the interim is
Like a phantasma or a hideous dream.

（第二幕第一場）

――シーザーを暗殺すべきか否かを悩むブルータスの思考は、ハムレットの思考へと発展する。ハムレットはこの between で動けなくなる。

皆殺しだと叫んで、戦争の犬どもを放つだろう。

Cry "Havoc!" and let slip the dogs of war.

（第三幕第一場）

――アントニーはシーザーの遺体の前で、復讐を誓う。フレデリック・フォーサイスの小説『戦争の犬たち』（一九七四）の題名はここから。

友よ、ローマ人よ、仲間たちよ、耳を貸してくれ！
私はシーザーを埋葬しに来たのであって、讃《たた》えに来たのではない。（中略）
だが、ブルータスはシーザーに野心があったと言う。
そしてブルータスは立派な男だ。

Friends, Romans, countrymen, lend me your ears!
I come to bury Caesar, not to praise him....
But Brutus says he was ambitious;
And Brutus is an honourable man.

（第三幕第二場）

――アントニーは、シーザー追悼演説を巧みに行ない、市民たちに暴動を起こさせる。滔々《とうとう》たる弱強五歩格が市民を酔わせる。

何事にも潮時《しおどき》というものがある。

There is a tide in the affairs of men.

（第四幕第三場）

――フィリパイ出撃を決意する際のブルータスの言葉。

アントニーとクレオパトラ　*Antony and Cleopatra*

——推定執筆年一六〇七年
初版一六二三年

舞台は紀元前四〇～三〇年のローマとエジプト。『ジュリアス・シーザー』でローマの三頭《さんとう》政治を担《にな》った**マーク・アントニー**（マルクス・アントニウス）は、ローマを離れ、プトレマイオス朝エジプトの女王**クレオパトラ**七世との愛に耽溺《たんでき》するあまり、ローマからの使者にも会おうとしない。だが、正妻ファルヴィアが死に、ローマの将軍**ポンピー**（セクストゥス・ポンペイウス）が叛乱《はんらん》を起こしたため、アントニーは腹心の**イノバーバス**を連れてローマに帰国する。

当時、三頭政治を担っていたのは、アントニーのほかに最高神祇官《じんぎかん》**レピダス**（レピドゥス）、そしてジュリアス・シーザーの甥《おい》にして養子**オクテイヴィアス・シーザー**（カエサル、以下単にシーザーと呼ぶ）だった。シーザーの親友にして天才策略家の**アグリッパ**の提案により、アントニーはシーザーの姉**オクテイヴィア**（オクタヴィア）と結婚する。これをエジプトの地で知ったクレオパトラは激怒する。

三巨頭はポンピーと和議を結び、その宴会の席でポンピーの部下**ミーナス**は三人の暗殺を示唆《しさ》するが、ポンピーはこれを拒絶する。

やがて和議は破れ、シーザーはポンピーを倒し、レピダスを投獄し、権力を一手に収めて地中海世界統一を夢見る。そうはさせまいと対抗するアントニーは、妻オクテイヴィアを捨てて、クレオパトラとともに挙兵する。

ところが、将軍たちが陸で戦うべきだと主張しているにもかかわらず、海戦をしようというクレオパトラの提案に従い、アントニーはアクティウムの海戦に臨《のぞ》む（紀元前三一年）。そして、怖気《おじけ》づいたクレオパトラが突然船の向きを変えて逃げだすと、アントニーの船が船隊を捨ててそのあとを追ったため、惨憺《さんたん》たる敗北を喫《きっ》する。

その後、クレオパトラが勝者に媚《こ》びるかのようにシーザーの使者を丁寧《ていねい》にもてなしたため、アントニーは激怒して当たり散らす。アントニーはすっかり昔の力を失ってしまったため、イノバーバスは敵へ寝返るが、それを知ったアントニーがイノバーバスの所持品を敵地へ送ってよこしたので、イノバーバスは忘恩《ぼうおん》を恥じて自害する。

アントニーの敗北は決定的であり、クレオパトラは勝手にシーザーに恭順《きょうじゅん》の意を示すが、これを知ったアントニーは再び激怒する。恐れをなしたクレオパトラは自分が死んだことにして身を隠すが、それを本気にしたアントニーは自害を試み、クレオパトラは瀕死《ひんし》となった恋人を自分の廟《びょう》に引き上げ、泣きながらその死を看取《みと》る。
最後に、クレオパトラは、シーザーが凱旋《がいせん》の飾りとしてクレオパトラをローマに連れ帰るつもりであることを知って、エジプト女王の正装をして毒蛇に胸を噛《か》ませて自殺する。女王に仕えていた侍女《じじょ》**チャーミアン**や**アイアラス**も殉死《じゅんし》を遂《と》げる。

エジプト女王クレオパトラ ♡ ★マーク・アントニー ＝ 姉 オクテイヴィア

★弟 オクテイヴィアス・シーザー

★レピダス

★印の三人がローマの三頭政治を担う人物

侍女チャーミアン

侍女アイアラス

忠臣イノバーバス

策略家アグリッパ

ローマの将軍ポンピー

部下ミーナス

作品の背景とポイント

プルタルコス著『英雄伝（対比列伝《たいひれつでん》）』のサー・トマス・ノース訳（一五七九年、再版一五九五年）に基づく。史実では、開幕時のアントニーは四三歳、クレオパトラは二九歳、オクテイヴィアス・シーザーは二三歳。恋人たちが死ぬのはその一〇年後。『ジュリアス・シーザー』でのアントニーは、開幕時三七歳、終幕時四一歳。

中年男女の大恋愛を描いた悲劇。愛ゆえに政治生命を失う男の悲哀でもある。場面が四二もあるので、リアリズムで上演すると場面転換が大変なことになる。

名台詞

どれぐらいと数えられる愛など乏《とぼ》しいものだ。

（第一幕第一場）

There's beggary in the love that can be reckon'd.

——どれほど愛してくれているかというクレオパトラの問いにアントニーはこう答え、愛の大きさを誇る。このあと「ローマなどテベレ河に溶けてしまえ」と、すべてを捨てて愛にかける思いが語られる。

コリオレイナス　*Coriolanus*

——推定執筆年一六〇八年、初版一六二三年

舞台は、ローマがまだ都市国家でしかなかった紀元前五世紀。ローマの若き貴族**ケイアス・マーシャス**（カイウス・マルティウス）は、武人としての矜持《きょうじ》が高く、軍務につかぬ平民を侮蔑《ぶべつ》し罵倒《ばとう》する。平民から選ばれた護民官《ごみんかん》二人はマーシャスを平民の敵と考え、マーシャスへの反感を煽《あお》るものの、ウォルスキ族が攻めてきて戦争が起きると、マーシャスは水を得た魚となってウォルスキ族の都市コリオライの城内で独《ひと》りで闘い、ローマに勝利をもたらして、コリオレイナスという栄誉の称号を与えられる。

だが、平和な時代になると、社交辞令の苦手な武人マーシャスの直情径行《ちょくじょうけいこう》は無礼と見なされる。執政官《しっせいかん》選挙に出馬したマーシャスは、護民官の挑発に乗って傲岸不遜《ごうがんふそん》に振る舞ってしまい、国家反逆罪で追放を宣告される。怒ったマーシャスは「世界は他にもある」（There is a world elsewhere）と宣言し、自らローマを捨て、仇敵《きゅうてき》だったウォルスキ族将軍**タラス・オーフィディアス**と手を結んで、ローマに攻め込む。

慌《あわ》てたのは、それまで得意がっていた護民官だった。平民たちは「あの人を追放す

るのは間違いだと言ったのに」などと、責任のなすりつけ合いをする。マーシャスは、親しかった将軍**コミニアス**や父親のような友人**メニーニアス・アグリッパ**の訴えも頑《がん》として聞き入れず、「ローマを焼き滅ぼす業火《ごうか》」になる決意を変えない。事態を収拾したのは、マーシャスの母**ヴォラムニア**、妻**ヴァージリア**および息子**小マーシャス**だった。三人の嘆願によって、ついに心を動かされたマーシャスは、独断でローマと和平を結ぶが、オーフィディアスに裏切り者として惨殺されてしまう。

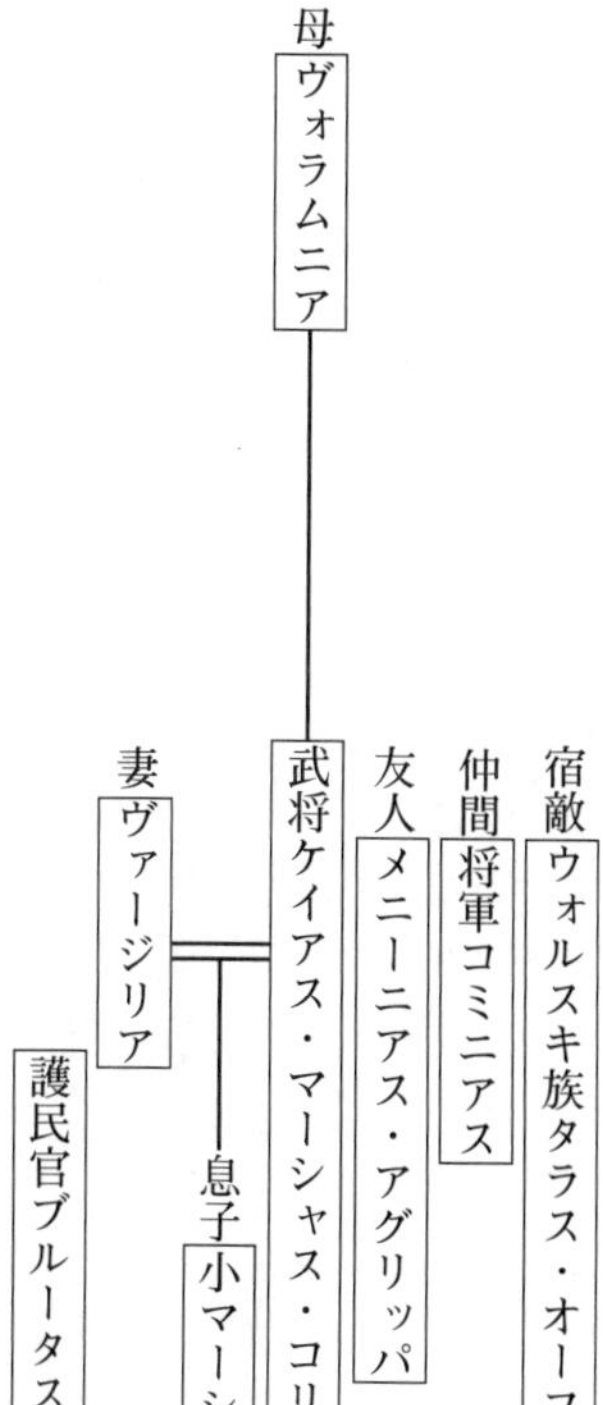

ここがポイント

プルタルコス著『英雄伝（対比列伝《たいひれつでん》）』に基づく。シェイクスピアは、好き勝手なことばかり言う無責任な大衆のことをさまざまな作品で批判的に描いている。ここでは衆愚《しゅうぐ》と対立する武人が、情にほだされてしまったがゆえに倒れる悲劇を描いている。

名台詞

俺は決して
本能に従うような青二才《あおにさい》ではなく、
自ら己《おのれ》を作った男であるかのように立つ。

（第五幕第三場）

I'll never
Be such a gosling to obey instinct, but stand
As if a man were author of himself.

――母親が膝を屈して願うのを目にして、心を鬼にしようとするコリオレイナスの台詞。結局、情に負け、それが命取りとなる。

喜劇

シェイクスピアの喜劇は全部で一〇作。ただし、問題劇として分類した『終わりよければすべてよし』や『尺には尺を』も喜劇であるし、またロマンス劇として分類した作品群も大団円《だいだんえん》で終わるため、これらを含めるなら一七作ということになる。

一六二三年に出版されたシェイクスピアの最初の全集（ファースト・フォーリオ）では、すべての作品が「喜劇」「悲劇」「歴史劇」の三つのジャンルに分かれていたので、それに合わせるなら、シェイクスピア作品は喜劇一七、悲劇一一、歴史劇一二ということになるだろう。シェイクスピアは悲劇や歴史劇よりも喜劇を多く書いたわけだ（なお、念のために記しておくと、ファースト・フォーリオに収録されたのは三六作品であり、『ペリクリーズ』、『二人の貴公子』、『エドワード三世』、『サー・トマス・モア』は含まれていなかった）。

シェイクスピアの悲劇の世界がTo be, or not to beであれば、シェイクスピアの喜劇の世界はTo be and not to beだといえる。あれでもあれば、これでもある世界、私があなたで、あなたが私となる世界。異なったものが互いに結びつくとき、矛盾は矛盾のまま認められなければならない。それゆえ正解が一つでないことがむしろ当たり前の世界——それがシェイクスピアの喜劇の世界だ。
カナダのシェイクスピア学者ノースロップ・フライによれば、シェイクスピア喜劇はいずれも、次のような三つの段階に分解できる。

始まり——登場人物の心に何らかの暗い影が差している。それは、好きでもない人との結婚を強要する父親だったり、死刑を規定する法律だったり、好きな人から思われない苦しみだったり、家族離散だったりと、いろいろな状況があるが、登場人物たちがこの影を乗り越えようとして劇が始まる。
攪乱《かくらん》過程——影は容易には解消されず、登場人物たちは自分のアイデンティティを失うような経験をする。つまり、自分がどうなってしまっているのか、わけがわからなくなる。
大団円——やがて混乱が収まり、登場人物たちは自分を取り戻すのみならず、新たなアイデンティティを手に入れ、新たな自分を得ている。多くの場合、それはもう一人の自分——英語でいうところの「ベター・ハーフ」——すなわち配偶者であって、結婚によってめでたしめでたしとなるのである。そしてまた、そうした大団円からこぼれ出る人物たちもいるところが、シェイクスピアらしいところでもある。

ここで取り上げる喜劇一〇作について確認しておこう。

最初期の『ヴェローナの二紳士』は修業時代に書いた喜劇であり、『恋の骨折り損』は文体の技巧に凝《こ》りに凝った作品だ。『じゃじゃ馬馴《な》らし』と『間違いの喜劇』も初期の作品であるが、奔放《ほんぽう》な勢いがあって、今もよく上演される。

名作『夏の夜の夢』と『ヴェニスの商人』はシェイクスピアが三〇歳を過ぎてから書いた作品。喜劇のなかで最も上演頻度《ひんど》が高い。

『ウィンザーの陽気な女房たち』は、シェイクスピア作品のなかで唯一、市民を主人公とした市民喜劇であり、例外的にほとんど散文で書かれている。

最後に円熟喜劇──『から騒ぎ』、『お気に召《め》すまま』、『十二夜』──は、人生の酸《す》いも甘いも嚙《か》み分けたしみじみとした書きぶりとなっており、しっとりとした笑いに包まれている。

ヴェローナの二紳士　*The Two Gentlemen of Verona*

――推定執筆年一五九〇年頃
初版一六二三年

イタリアのヴェローナの紳士**ヴァレンタイン**は、**ミラノ公爵**の娘**シルヴィア**と恋仲になり、駆《か》け落ちを計画する。ヴァレンタインの親友**プローテュース**は、ヴェローナに自分の恋人**ジューリア**がいるにもかかわらず、シルヴィアに横恋慕《よこれんぼ》して、親友の駆け落ちの計画を公爵に告《つ》げ口する。このためヴァレンタインは公爵に追放される。

シルヴィアは追放されたヴァレンタインのあとを密《ひそ》かに追い、それを知ったプローテュースもそのあとを追う。恋人に会いたくてミラノへ来たジューリアは、男装して正体を隠したままプローテュースの小姓《こしょう》となり、その心変わりを知って驚く。

プローテュースは山賊からシルヴィアを救い出したのち、力ずくで彼女をものにしようとし、飛び出してきたヴァレンタインに阻止される。プローテュースが謝罪すると、ヴァレンタインはそれを受け入れ、親友である証《あかし》に彼女を譲ろうと言うのでジューリアが失神する。小姓の正体を知ったプローテュースはジューリアへの愛を取り戻す。最後に公爵が娘とヴァレンタインの結婚を認めて、大団円《だいだんえん》となる。

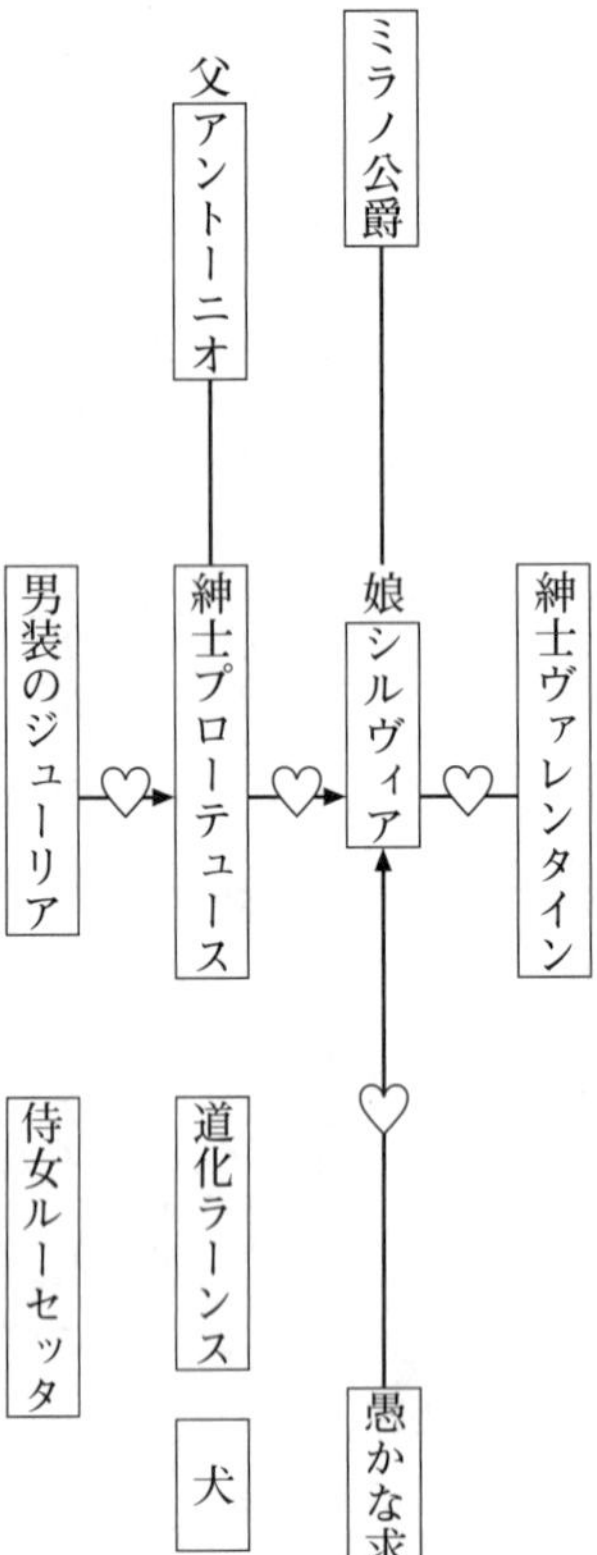

ここがポイント

男同士の友情は社会的に重要な公《おおやけ》のものであり、男女の恋というプライベートなものより優先すると考えられていた時代の話。最後の場面で、高潔なヴァレンタインが男同士の信頼関係の重要性を強調するあまり自分の恋を犠牲にしようとするくだりは、現代では理解しがたいだろう。なお、プローテュースはギリシャ神話で姿を変える能力のある海神《かいじん》プロテウスと同名であり、心変わりする男として描かれている。

名台詞

私には女の理由しかありません
――そう思うから、そう思うんです。

（第一幕第二場）

I have no other but a woman's reason:
I think him so, because I think him so.

――ジューリアの侍女ルーセッタがプローテュースこそ最高の男性だと断言する理由。この劇には、ほかに愚かな求婚者シューリオや、飼い犬に話しかける道化《どうけ》ラーンス等が登場して、喜劇性を高める。

男とは言えませんよ、舌がありながら、
その舌で女の一人も口説《くど》けないようでは。

（第三幕第一場）

That man that hath a tongue, I say is no man,
If with his tongue he cannot win a woman.

――ヴァレンタインは女の口説き方を、人もあろうに公爵に講釈する。

恋の骨折り損 *Love's Labour's Lost*

――推定執筆年 一五九四～九五年
初版 一五九八年

ナヴァラ（英語発音ナヴァール）国の若い王**ファーディナンド**は、友人の三人の貴族たちと勉学に勤《いそ》しむため、三年間女性に会わないと誓いあうが、**フランス王女**とそのお付きの三人の貴婦人たちがやってきたとたん、男性四人とも恋に落ちてしまう。**デュメイン**が**キャサリン**への恋文を読むのを隠れて聞いていた**ロンガヴィル**は**マライア**に恋しており、その恋文を隠れて聞いていた王も王女へ恋文を書いており、すべてを盗み見した**ビローン**が仲間を嘲《あざけ》ると、田舎者の**コスタード**がやってきて、ビローンが**ロザライン**に宛《あ》てた恋文を暴露する。四人はロシア人に変装して女性たちに求愛しに行くが、フランスの貴族**ボイエット**が告《つ》げ口して、裏をかかれて、からかわれる。

牧師**ナサニエル**や教師**ホロファニーズ**らが考案した劇を一同が楽しんでいるところへフランス王崩御《ほうぎょ》の知らせが入り、一年間喪《も》に服すため求愛はお預けになる。結婚するのは、田舎娘**ジャケネッタ**を妊娠させてしまった騎士**アーマードー**だけであり、最後にフクロウ（冬）とカッコー（夏）による人生の歌がしみじみと歌われる。

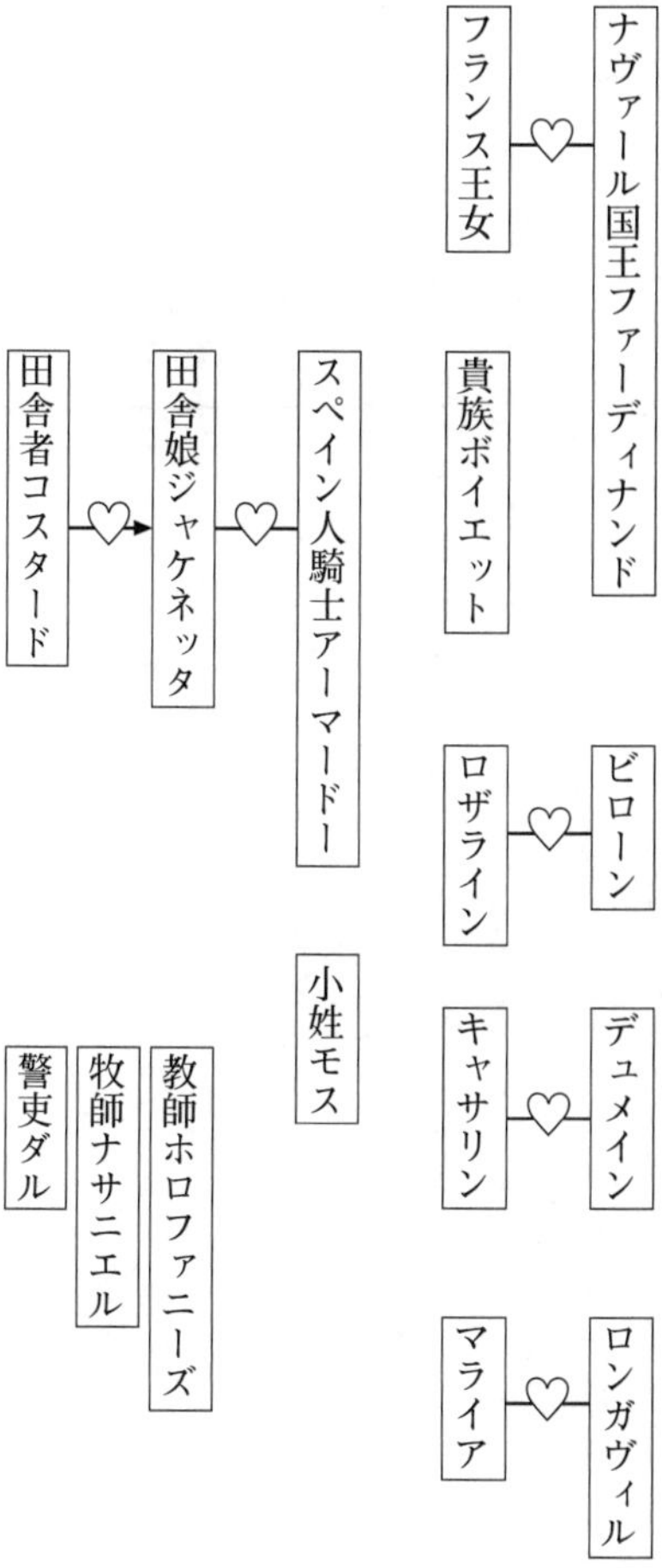

ここがポイント

韻《いん》を踏んだり、詩的な表現に凝《こ》ったり、ラテン語を用いたりと修辞《しゅうじ》に溢《あふ》れた初期の喜劇。ストーリーそのものよりも、言葉の巧《たく》みさに重点がある喜劇といえる。高貴な人たちの主筋と、下々の滑稽《こっけい》な副筋という構造は、シェイクスピアが多用するもの。

名台詞

恋は魔物だ、恋は悪魔だ。人にとりつく悪霊《あくりょう》は恋しかない。（第一幕第一場）

Love is a familiar; Love is a devil; there is no evil angel but Love.

――ジャケネッタに惚《ほ》れたアーマードーが恋に悩んで言う言葉。familiarというのは魔女などの使い魔（日本の「式神《しきがみ》」に相当）のこと。

女性の目から私はこの教えを学んだ。
女性の目こそ、基礎であり、書物であり、学園だ。
そこから人に命を吹き込むプロメテウスの火が燃え上がる。（第四幕第三場）

From women's eyes this doctrine I derive:
They are the ground, the books, the academes,
From whence doth spring the true Promethean fire.

――女性を遠ざけて学問に専念すると誓約したことがそもそも間違いだったのだとビローンは力説し、恋することの重要性を語る。

じゃじゃ馬馴《な》らし *The Taming of the Shrew*

——推定執筆年一五九〇～九四年
初版一六二三年

本編の前に序幕があり、道で寝込んだ酔っ払い**クリストファー・スライ**を冗談好きな殿様が屋敷に運び込ませ、よい服を着せ、女装させた小姓《こしょう》に妻を演じさせ、殿様として扱うように命じる。その殿様に見せる劇として『じゃじゃ馬馴《な》らし』が始まる。

イタリアのパデュアに住む大富豪**バプティスタ**の美しい娘**ビアンカ**には、**ホーテンシオ**や老道化《どうけ》**グレミオ**という求婚者がいたが、じゃじゃ馬の姉**キャタリーナ**（愛称**ケイト**）が片付かない限り、妹のビアンカは嫁に出さないと父親は断言する。そこに通りがかったのが、ピサからパデュアへ遊学しにやってきた名家の息子**ルーセンシオ**だった。彼はビアンカに一目惚《ぼ》れし、召使《めしつか》い**トラーニオ**と衣服を交換し、トラーニオにルーセンシオとして振る舞ってもらい、自分は家庭教師として娘に近づこうとする。

一方、ホーテンシオは、ヴェローナ出身の親友**ペトルーキオ**に姉のほうを口説《くど》いてくれないかと頼む。豪放磊落《ごうほうらいらく》なペトルーキオは、高額な持参金があるなら、どんな女でもものにしてみせると豪語する。

じゃじゃ馬キャタリーナは、妹をいじめたり、ホーテンシオの頭を楽器で殴りつけたりと暴れまくっており、求愛に来たペトルーキオも軽くあしらわれそうになるが、ペトルーキオは動ぜずに強引な求愛を行ない、日曜日には結婚だと決めつける。

喜んだ父親は、妹のほうは一番多くの財産をくれる人に嫁《とつ》がせると言う。老道化グレミオは巨額の財産を提示するが、ルーセンシオになりすましたトラーニオに競《せ》り負かされてしまう。結婚には父親の承諾が必要だと言われたトラーニオは、マンチュアから来た学校教師をうまいこと騙《だま》して父親役を演じてもらうことにする。

一方、詩の教師キャンビオになりすましたルーセンシオは、勉強にことよせてビアンカを口説いて、彼女の心をつかむ。音楽教師リショーと名乗っていたホーテンシオは、その様子を見て、ビアンカを諦《あきら》めて**未亡人**に鞍替《くらが》えする。

キャタリーナの結婚式当日、待てど暮らせど、ペトルーキオは来ない。ついにやってきた花婿はおかしな恰好《かっこう》をして、神父をどなりつけ、花嫁を奪い去るようにして連れ去る。泥だらけになって家に着くと、ペトルーキオは**グルーミオ**をはじめとする召《めし》使いたちをどやしつけ、あれやこれや指図《さしず》をしたあげく、妻に何も食べさせず、眠ることも許さないという、野生の鷹《たか》を飼い馴らす方法で妻を従えようとする。

バプティスタの家へ行く道中も、ペトルーキオは太陽を月と呼び、老人を若い乙女と呼んで、妻が違うと言おうものならわざと腹を立て、帰ろうと言いだす。ついにキャタリーナも観念して、何でも夫の言うとおりに呼ぶと言うので、同行していたホーテンシオは快哉《かいさい》を叫ぶ。

キャタリーナたちから若い乙女と呼ばれて驚いた老人**ヴィンセンシオ**は、ルーセンシオの父親だった。息子の様子を見に来たのだった。ところがルーセンシオの家に来てみると、偽《にせ》のヴィンセンシオ（学校教師）がおり、ルーセンシオになりすましたトラーニオがヴィンセンシオを偽者《にせもの》扱いする。そこへ本物のルーセンシオがビアンカを連れて登場し、ビアンカと結婚したと告《つ》げ、父親に許しを乞《こ》い、騒ぎは収まる。

最後に三組の新婚夫婦の祝宴の席で、男たちは誰の妻が一番従順かで賭《か》けをする。キャタリーナだけが夫の呼び出しに応じ、しかも夫の命令に従ってビアンカと未亡人に妻の義務とは何かを説いて聞かせるので、ペトルーキオが賭けに勝つ。あのじゃじゃ馬がこんなに従順になるとは、と一同は仰天する。

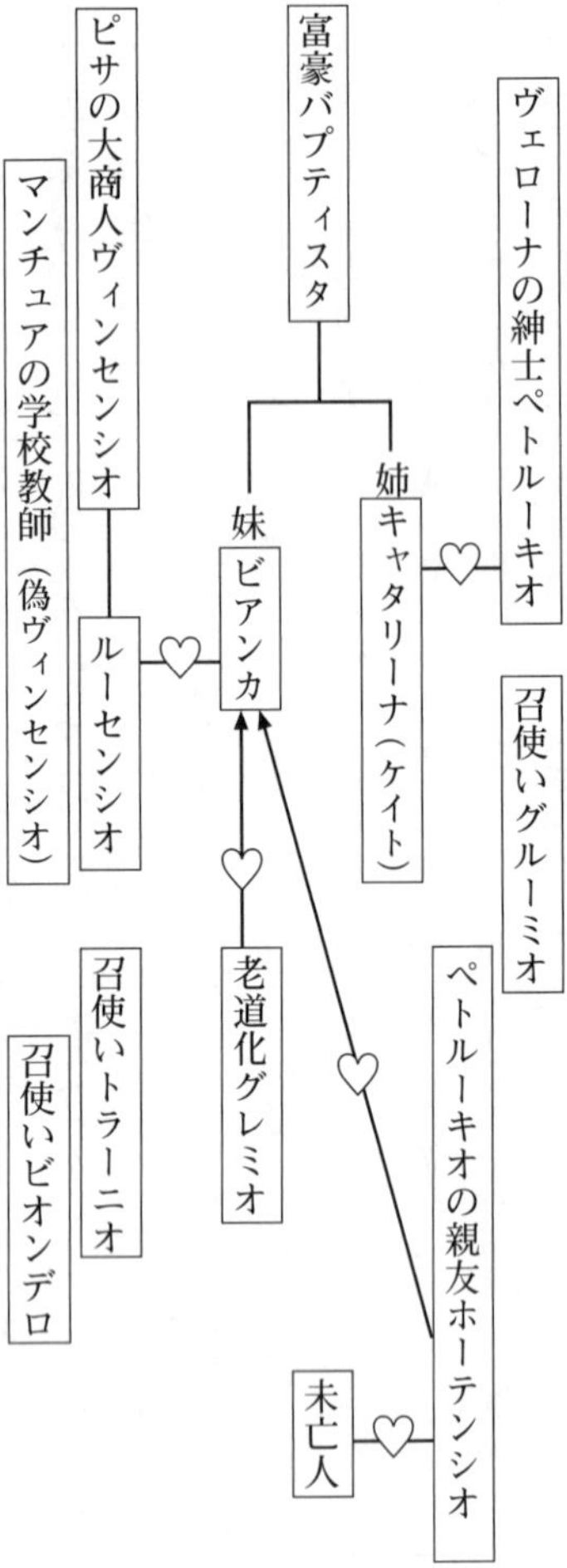

作品の背景

序幕の、眠っている男を殿様に仕立て上げる話は『アラビアン・ナイト』一五三話にも出てくる話であり、「それまでの人生は夢であり、長い悪夢から覚めた今こそが現実だ」という発想は、カルデロン作『人生は夢』（一六三五）を思わせる（カルデロンはスペインのシェイクスピアとも呼ばれる）。

副筋の種本《たねほん》は、アリオストを原作としたギャスコインの『取り違え』（一五六六）。一六二三年にはシェイクスピアの後輩の劇作家ジョン・フレッチャーが続編『じゃじゃ馬馴らしが馴らされて』を発表。キャタリーナを亡くしたペトルーキオが再婚して、新しい妻と女性たちにさんざんやりこめられる話。二〇〇三年にＲＳＣ（ロイヤル・シェイクスピア・カンパニー）が『じゃじゃ馬馴らし』と二本立てで上演した。

ここがポイント

「妻は夫に従え」とは『聖書』にもある（「エペソ人への手紙」五章二二～三節）が、『じゃじゃ馬馴らし』をそうした旧弊《きゅうへい》な発想に基づいて妻が服従させられる芝居と考えてはいけない。上演では、キャタリーナがペトルーキオに愛されていると感じているのがわかるのがポイント。そうでなければ夫のために貞淑《ていしゅく》な妻を演じてあげようという気にはならないだろう。プライドが高く、誰からも愛されないことに過剰にいら立って周りを攻撃していたキャタリーナが、ペトルーキオに強引ながらも愛され、その愛を受け入れて変わっていく物語と解釈すべきだろう。

名台詞

俺は金持ちの嫁さんを見つけにパデュアにきた。
金持ちならパデュアで幸せになれるぜ。（第一幕第二場）

I come to wive it wealthily in Padua;
If wealthily, then happily in Padua.

——ペトルーキオの台詞。ミュージカル『キス・ミー・ケイト』でも、このとおりの歌詞で歌われる。

女は、言いなりにならないという
気概《きがい》を見せてやらなきゃ馬鹿にされるだけです。（第三幕第二場）

I see a woman may be made a fool,
If she had not a spirit to resist.

——結婚したばかりのケイト（キャタリーナ）が、夫ペトルーキオの思うようにはさせまいと、披露宴の客に向かって言う。

え、カケスのほうがヒバリよりいいっていうのか、羽がきれいだというだけで？

（第四幕第三場）

What, is the jay more precious than the lark,
Because his feathers are more beautiful?

——外見よりも内実が重要だという話。ケイトの問題点は、外見にばかりこだわって、誰にも心を開かなかったことにある。ペトルーキオは彼なりのやり方でケイトの心に入り込んでいく。

まず、キスをしてくれ、ケイト。そしたら行こう。

（第五幕第一場）

First kiss me, Kate, and we will.

——ミュージカルのタイトルにもなっている言葉。ペトルーキオは道のまんなかでキスを求め、ケイトを驚かせる。ケイトが求めに応じてキスをすると、ペトルーキオは「悪くないだろ？」と言う。二人の愛が確かめられる非常に重要な場面である。

間違いの喜劇　*The Comedy of Errors*

——推定執筆年一五九二〜四年
初版一六二三年

舞台はエフェソス。敵国シラクーザ（シラキューズ）から来た老商人**イジーオン**が死刑を宣告される場面で始まる。老人には昔、妻と双子の息子がいたが、家族は海で遭難し、離散していた。老人は双子の弟**アンティフォラス**を一八になるまで育てたが、弟は兄探《さが》しの旅に出かけ、その五年後に老人もまた家族を探しに出たのだと言う。

双子の兄**アンティフォラス**が商人として活躍しているエフェソスへ、何も知らずに瓜《うり》二つの弟がやってきた。兄の妻**エイドリアーナ**は夫の弟を夫と間違え、金細工師**アンジェロ**は兄から注文された首飾りを弟に渡し、弟は兄の馴染《なじ》みの**娼婦《しょうふ》**に首飾りを求められる。しかも、兄弟には双子の従者（どちらの名前も**ドローミオ**）がいて、こちらも見分けがつかず、大混乱になる。アンティフォラス弟は兄嫁の妹**ルシアーナ**と恋仲になり、嫉妬《しっと》深いエイドリアーナは夫を妹にとられたと思い込んで怒り狂う。やがて双子の兄は狂人扱いされてドローミオ兄とともに尼僧院《にそういん》に逃げ込むが、その院長**エミリア**こそ、兄弟の行方不明だった母とわかり、一家は再会を果たす。エフェソス公爵ソライナスの恩赦により、父親イジーオンも放免され、大団円《だいだんえん》となる。

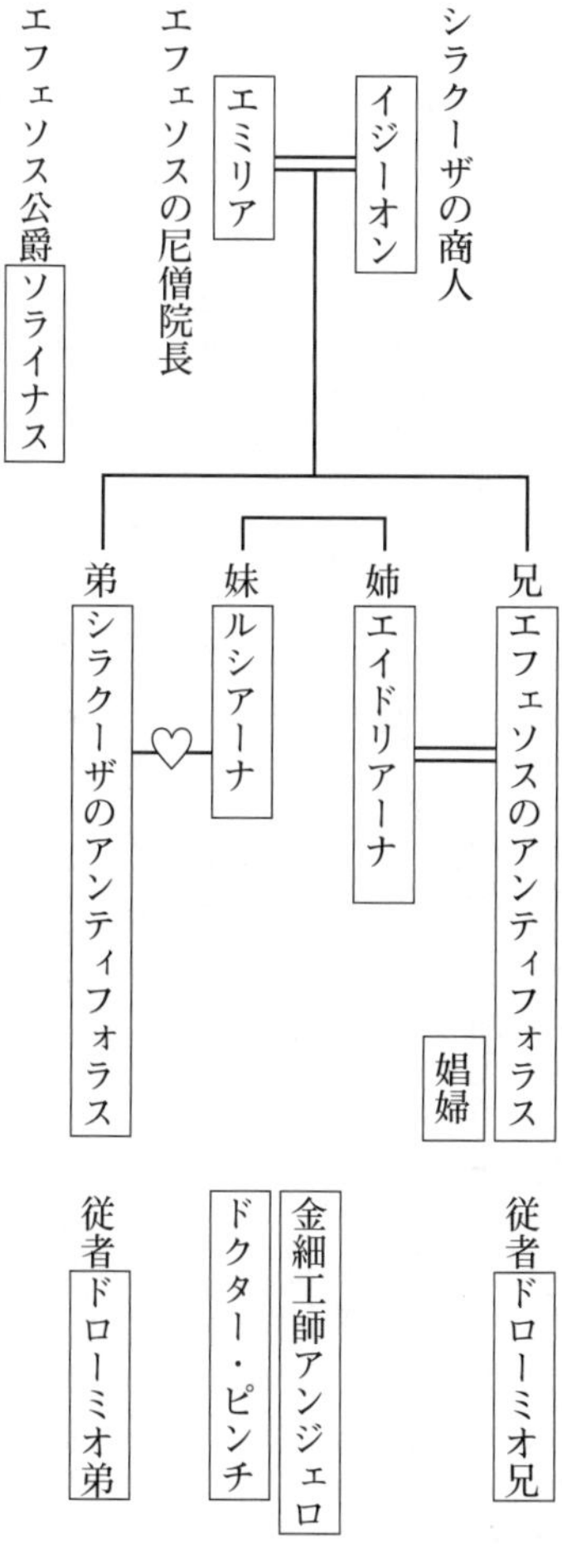

ここがポイント

紀元前ローマの喜劇作家プラウトゥスの『メナエクムス兄弟』が種本《たねほん》。オリジナルでは双子は一組だったが、シェイクスピアはそこに従者ドローミオという、もう一組の双子を加えて話を複雑にした。痛快な喜劇だが、「私とは何か」を問う劇でもある。

名台詞

私は広い世界のなかで、大海《たいかい》の一滴《いってき》だ。
海のなかでもう一滴を見つけようとするが、
仲間を探そうとして海に落ちると見えなくなり、
知りたいともがくうちに自分が消えてしまう。

（第一幕第二場）

I to the world am like a drop of water,
That in the ocean seeks another drop,
Who, falling there to find his fellow forth
(Unseen, inquisitive), confounds himself:

——シラクーザのアンティフォラス（弟）が、生き別れになった双子の兄と母を探してエフェソスにやってきたときに言う台詞。エイドリアーナが夫と間違えて夫の弟に夫婦の絆《きずな》を訴えるときも、大海に一滴の水を落としてその一滴を再び取り出せないように、あなたから私を引き離すことはできないのだと、大海の一滴の隠喩《いんゆ》を用いる。

夏の夜の夢　*A Midsummer Night's Dream*

——推定執筆年一五九五～六年
初版一六〇〇年

アテネ公爵**テーセウス**は、アマゾン女王**ヒポリュテ**との結婚式を四日後に控え、待ち遠しい思いでいた。そこへ貴族**イジーアス**が「娘の**ハーミア**を**ディミートリアス**と結婚させようとしていたのに、**ライサンダー**が娘の心を奪ってしまった」と訴え出る。アテネの法律では娘は父の言うとおりに結婚しなければならない、と言う公爵は、父に従うよう、ハーミアに命じる。

しかし、ハーミアとライサンダーは、その夜密《ひそ》かに駆《か》け落ちしようと決め、ハーミアの幼馴染《おさななじ》みの親友**ヘレナ**にだけこのことを打ち明ける。ヘレナはディミートリアスに夢中で、昔は自分に言い寄ってくれていた彼がハーミアに目移りをしたのが口惜《くや》しくてたまらない。ヘレナがこの駆け落ちのことをディミートリアスに伝えると、果たして彼はハーミアを追って森へ走っていくため、ヘレナもそのあとを追って森に入っていく。

森では妖精の王**オーベロン**が妃**ティターニア**の可愛がるインドの子供をほしがっ

て、喧嘩《けんか》の最中だった。王はいたずら妖精**パック**（またの名をロビン・グッドフェロー）に命じて、恋の三色スミレを摘《つ》んでくるように言う。その花の汁を寝ている者の目に塗《ぬ》れば、目が覚《さ》めて最初に見た者に恋するという魔法の惚《ほ》れ薬である。

ディミートリアスに森で置いてきぼりにされたヘレナの可哀想《かわいそう》な様子を見たオーベロンは、ヘレナを邪険《じゃけん》にするあの男の目にも塗って来いとパックに花を渡す。パックは森のなかでアテネ男を探し、間違えてライサンダーの目に塗ってしまう。ライサンダーが目を覚ましたとき、そこにたまたまいたのはヘレナだった。突然ハーミアの恋人のライサンダーから熱烈に求愛されたヘレナは、馬鹿にされているのだと思って怒って立ち去り、ライサンダーはハーミアを一人残してヘレナのあとを追いかける。

森の別の場所では、町の職人たちが公爵の婚礼のお祝いに芝居「ピュラモスとティスベ」を上演しようと稽古《けいこ》をしていた。妖精パックがいたずらして、ピュラモス役の機織屋《はたおり》**ボトム**をロバに変えたため、皆はあわてふためき、逃げまどう。そのとき目覚めた妖精の妃ティターニアは、恋の三色スミレの魔法ゆえにロバのボトムに夢中になり、妖精たちにボトムを大切にもてなすように命じる。

パックがアテネ男を取り違えたことに気づいたオーベロンは、パックをもう一度使いに出す。今度は狙いどおりディミートリアスに魔法がかかるものの、二人の男に口説《くど》かれるようになったヘレナは、またからかわれていると思い込んで激怒する。そこへハーミアもやってきて、恋泥棒だとヘレナにつかみかかって喧嘩になり、男二人もヘレナをとりあって決闘しようと大騒ぎになる。パックは夜の闇を使って争いをやめさせ、四人を眠りに誘い、魔法を解《と》く薬を塗る。オーベロンもティターニアの魔法を解いて、ティターニアがロバに恋していたことを明かし、仲直りをする。

朝を迎え、魔法が解けて目を覚ました二組の恋人たちは、不思議な体験をしたことを語り、愛を確かめあう。これを聞いた公爵は、イジーアスにハーミアとライサンダーの結婚を認めるように命じ、これより三組の結婚式を執《と》り行なうと宣言する。

やはり魔法が解けて目を覚ましたボトムは、ロバになった夢を見たと語る。仲間たち――大工の**クインス**、指物師《さしものし》の**スナッグ**、ふいご直しの**フルート**、鋳掛《いか》け屋の**スナウト**、仕立て屋の**スターヴリング**――はボトムがもとに戻ったことを喜び、公爵夫妻と三組の若者たちの結婚式に劇を上演する。妖精たちの祝福の詩で締《し》めくくられる。

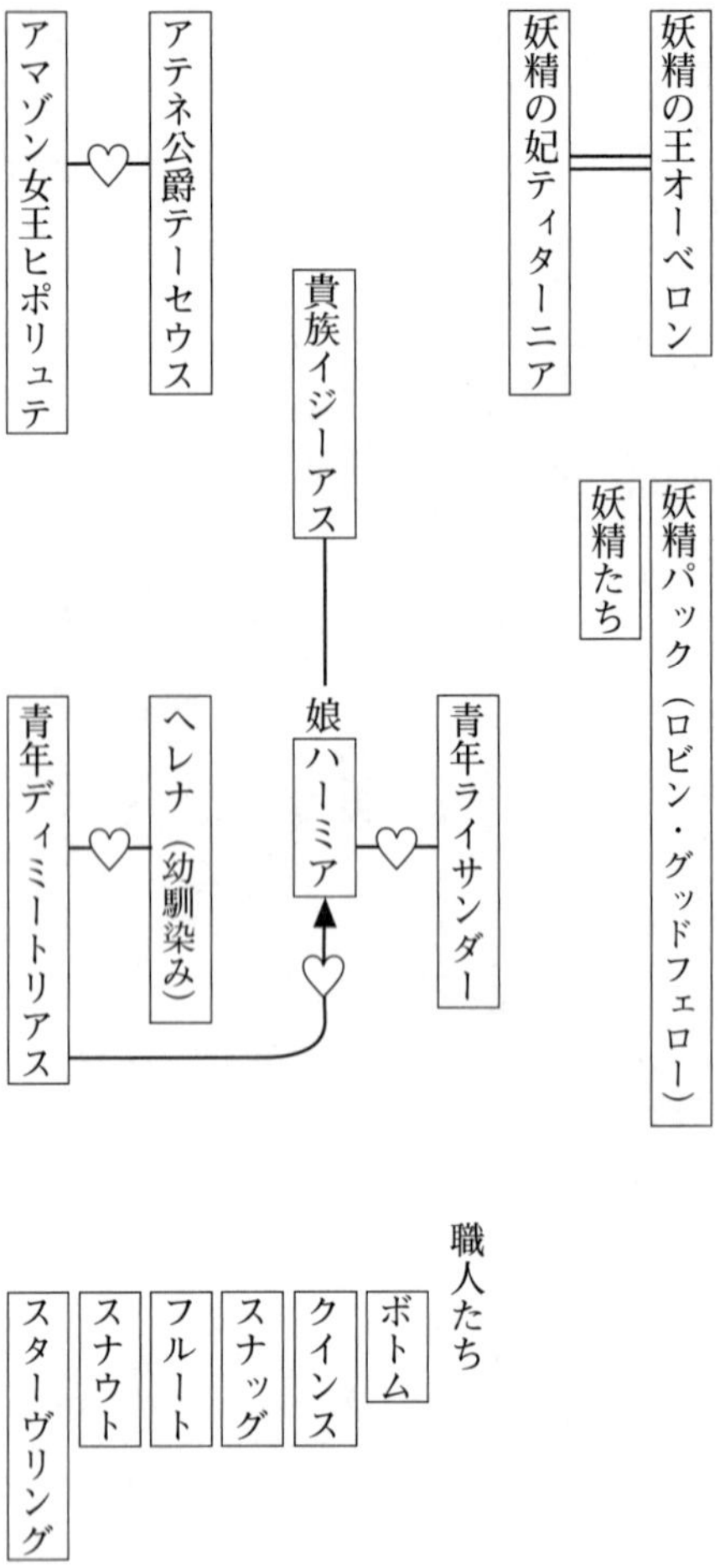

作品の背景

シェイクスピアにはめずらしく種本がない作品。ただし、ピュラモスとティスベの話は、オウィディウスの『変身譚《たん》』に記されている。

ここがポイント

かつて「真夏の夜の夢」と訳されたこともあったが、原題のミッドサマー・ナイトは夏至祭《げし》（キリスト教の聖ヨハネ祭）が祝われる六月二四日（ミッドサマー・デイ）の前夜を指す。この頃のイギリスは日本の真夏のように暑くはないため、「真夏の〜」と訳すと誤解を生む。「ミッドサマー・ナイツ」という語を直訳したければ「夏至祭前夜の」とでもするしかない。ただし、舞台の設定は夏至祭前夜ではなく、五月祭前夜である四月三〇日なのだからややこしい。実は、夏の芝居ではないのである。

では、なぜ「ミッドサマー・ナイト」なのか。この言葉は、夏至祭での羽目《はめ》の外《はず》しぶりを「夏至祭の狂気（ミッドサマー・マッドネス）」と呼んだことを踏まえて用いられている。つまり、夏至祭の夜のような「しっちゃかめっちゃかな夢」という意味なのだ。

この夜集めた露や薬草には不思議な効能があるといわれていた。シェイクスピアが恋の三色スミレを思いついた所以《ゆえん》である。英語では love-in-idleness——怠惰にしていると生まれる恋。確かに忙しすぎる人には、この魔法はかからないかもしれない。

名台詞

真《まこと》の愛の道は、決して平坦ではない。

The course of true love never did run smooth.

（第一幕第一場）

——ライサンダーがハーミアとの恋路のつらさを嘆く台詞。

恋は目で見ず、心で見るんだわ。

だから、キューピッドは目隠しして描かれるんだわ。

Love looks not with the eyes but with the mind;

And therefore is wing'd Cupid painted blind.

（第一幕第一場）

——ヘレナの台詞。mind と blind で押韻する二行連句。「恋は盲目」という台詞は『ヴェニスの商人』などにも出てくる。「心で（心眼で）（真実を）見る」という表現は『ハムレット』にもある。愛の女神アフロディーテの息子のクピド（キューピッド）は、目隠ししたまま恋の矢を放ついたずら者。

恋する者は、狂った者同様、頭が煮えたぎり、
冷静な理性には理解しがたい
ありもしないものを想像する。
狂人、恋人、そして詩人は、
皆、想像力の塊《かたまり》だ。

（第五幕第一場）

Lovers and madmen have such seething brains,
Such shaping fantasies, that apprehend
More than cool reason ever comprehends.
The lunatic, the lover, and the poet
Are of imagination all compact.

——テーセウス公爵の台詞だが、シェイクスピアの考えといってよい。この場合の「詩人」には「劇作家」も含む。想像力によって世界を作りだすという点で、詩人は狂人や恋人と同じであり、生きていくうえで最も重要なのは、物に意味や価値を与えるこの想像力なのだ。

ヴェニスの商人 *The Merchant of Venice*

——推定執筆年一五九六〜八年
初版一六〇〇年

イタリアの都市ヴェニス（ヴェネチア）に住む若者**バサーニオ**は、親友の商人**アントーニオ**に頼んで、ベルモントにいる富豪の娘**ポーシャ**に求愛しに行くための資金援助を求める。あいにく全財産をあちこちの船に乗せて投資中だったアントーニオは、高利貸し**シャイロック**から借りることにする。シャイロックは、ユダヤ人であるがゆえにアントーニオから唾《つば》を吐きかけられるなど屈辱的な扱いを受けてきたにもかかわらず、無利子で貸そうと言う。ただし、期限までに返済できない場合はアントーニオの肉一ポンドを切りとるという条件を出し、アントーニオはその証文《しょうもん》に署名する。

ポーシャは、亡き父の遺言により、金・銀・鉛の三つの箱から正しい箱を選んだ男と結婚することになっていた。最初の挑戦者である**モロッコ大公**《たいこう》は、「我を選ぶ者は、多くの者が望むものを得るべし」と記された金の箱を選び、箱のなかに髑髏《どくろ》を見つけ、退散する。次の**アラゴン大公**は、「我を選ぶ者は、己《おのれ》にふさわしいものを得るべし」と記された銀の箱をあけ、なかに阿呆《あほう》の絵を見つける。次にバサーニオがやってくるが、彼に恋したポーシャは、箱選びを延期して長く滞在してほしいと願う。シャイロックの滑稽《こっけい》な召使《めしつか》い**ランスロット・ゴボー**は、主人と縁を切り、バサーニオを新しい主人とする。その後、シャイロックは、娘**ジェシカ**が金や宝石をもってキリスト教徒の紳士**ロレンゾー**と駆《か》け落ちしたことを知って、「娘が！　金が！　宝石が！」と大騒ぎする。そして、アントーニオの船が一艘《そう》残らず難破し、金を返済できなくなったと知ると、復讐のためにアントーニオの肉を求めて訴訟を起こす。

ベルモントでは、バサーニオが「我を選ぶ者は、持てるものすべてを擲《なげう》つべし」と記された鉛の箱を選び、なかに美しいポーシャの肖像画を見出して、ポーシャと結ばれる。バサーニオの友人**グラシアーノ**は、ポーシャの侍女《じじょ》**ネリッサ**と婚約する。そこへアントーニオの命が危ないとの知らせが入り、バサーニオらは慌《あわ》てて帰国する。

ポーシャとネリッサは、男装し、若き法学者バルサザーとその書記に扮《ふん》してヴェニスの法廷に現われ、裁判を仕切る。裁判官としてポーシャは、証文は有効であるのでアントーニオの肉一ポンドはシャイロックのものであると宣言し、喜んだシャイロックはナイフを振りかざす。

ところが、ポーシャは、血のことは証文に記されていないので、血を一滴でも流せばシャイロックの命はないと言い、形勢は逆転。シャイロックは殺人未遂とされ、財産半分を娘夫婦に譲った上、キリスト教へ改宗するように命じられる。ベルモントに帰ってきたポーシャとネリッサは、裁判官と書記は自分たちだったと明かす。

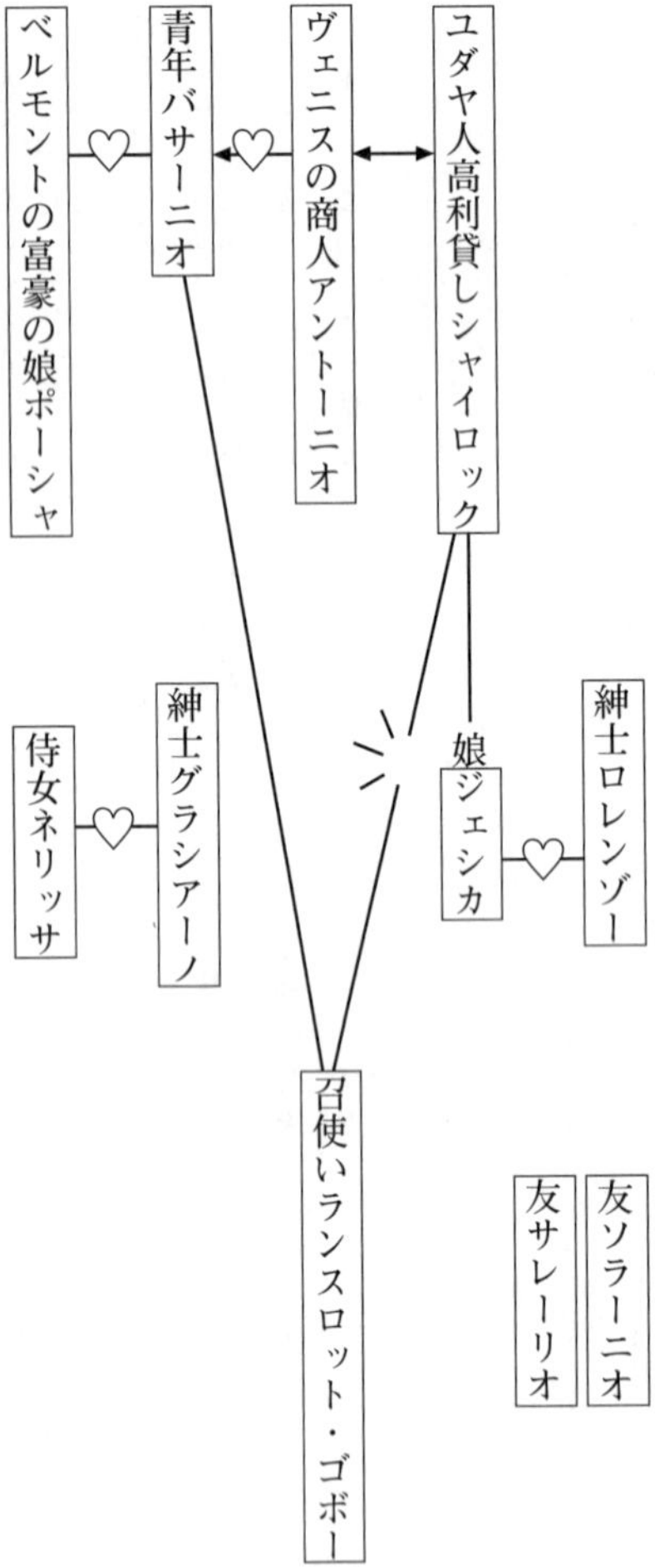

作品の背景

中世イタリアの物語集『イル・ペコローネ』に、養父が肉一ポンドの証文を書いてユダヤ人高利貸しから金を借りたおかげで、ヴェニスの若者がベルモンテの美女と結婚でき、その美女が男装して裁判官となり名裁きを行なうという元の話がある。

ここがポイント

一八一四年にエドマンド・キーンがシャイロックを悲劇の主人公として演じて以来、この作品は単なる喜劇ではなくなった。とくにユダヤ民族迫害の歴史を踏まえると、シャイロックの悲哀には深刻な訴えがこもる。あたかも自分たちが正しいかのように振る舞うキリスト教徒たちは偽善者なのではないか。果たしてシャイロックに改宗を無理強《じ》いする権利があるのか。現代においても、いっそう大きな意味をもつ作品だろう。なお、日本で初めて演じられたシェイクスピア作品は、本作品を脚色した『何桜彼桜《さくらどき》銭世中《ぜにのよのなか》』(一八八五)で、船問屋紀伊国屋《きのくにや》伝二郎《でんじろう》の肉を切り取ろうとする高利貸枡屋《ますや》五兵衛《ごへえ》の訴えに、学者中川寛斎《なかがわかんさい》の娘玉栄《たまえ》が男装して名判官《はんがん》ぶりを見せる。

名台詞

悪魔も聖書を引用する、都合のよいようにな。（第一幕第三場）

The devil can cite Scripture for his purpose.

――シャイロックを毛嫌いするアントーニオは、金を借りるときにも、シャイロックを悪魔と呼ぶ。激しい民族差別が劇の根底に流れる。

ユダヤ人には目がないのか？　手がないのか。内臓が、手足が、感覚が、愛情が、喜怒哀楽がないとでもいうのか？（第三幕第一場）

Hath not a Jew eyes? Hath not a Jew hands, organs, dimensions, senses, affections, passions?

――まさか証文どおりにアントーニオから肉一ポンドを取るつもりではあるまいなとキリスト教徒のソラーニオやサレーリオに言われて、これまでずっとユダヤ人を差別してきたアントーニオに復讐するために裁判に訴えるというシャイロックの台詞。感動的な見せ場。

慈悲とは、無理に搾《しぼ》り出すものではない。

The quality of mercy is not strain'd.

（第四幕第一場）

――裁判官を務めるポーシャは、まずシャイロックに慈悲を求める。だが、シャイロックが頑《がん》として証文どおりの裁定を望むので、ポーシャは相手が望む以上に証文どおりの判決を下すことになる。

しばし待て。まだ続きがある。
この証文は血一滴たりともそのほうに与えていない。

Tarry a little, there is something else.
This bond doth give thee here no jot of blood.

（第四幕第一場）

――ポーシャは、証文どおり、肉一ポンドはおまえのものであるから切りとるがよいと述べてシャイロックを喜ばせるが、証文には血のことは書かれていないため、「血を一滴でも流したら財産を没収する」と宣告する。愕然《がくぜん》としたシャイロックは、訴えを取り下げる。

待て、ユダヤ人。
当法廷はまだそのほうに用がある。

Tarry, Jew,
The law hath yet another hold on you.

（第四幕第一場）

——ポーシャは退廷しようとするシャイロックを呼びとめ、ヴェニス市民の命を狙った罪ゆえに、その財産は没収、命は公爵の慈悲に委《ゆだ》ねると宣告する。結局、キリスト教に改宗するなら、財産の半分をシャイロックの娘夫婦に譲るだけで許すという〝慈悲〟をかける。

あんな小さな蠟燭《ろうそく》の光がなんて遠くまで届くことでしょう！
良い行ないも、悪い世の中をあんなふうに照らすのね。

How far that little candle throws his beams!
So shines a good deed in a naughty world.

（第五幕第一場）

——ベルモントへ帰って来たポーシャが自宅の灯《あかり》を見て言う台詞。

ウィンザーの陽気な女房たち　*The Merry Wives of Windsor*

——推定執筆年一五九六～八年、初版一六〇〇年

ウィンザーの治安判事**ロバート・シャロー**の愚かな従弟《いとこ》**エイブラハム・スレンダー**は可愛い**アン・ペイジ**に夢中。ウェールズ人牧師**ヒュー・エヴァンズ**はこの縁談を進めるように取り持ち役**クィックリー**のもとへ使いにやるが、フランス人医師**キーズ**は「アンと結婚するのは自分だ」と激怒し、牧師に決闘を申し込む。**ガーター亭の主人**は、異なる決闘場所を教えてどちらにも待ちぼうけをくらわして決闘を回避する。

一方、酒好き女好きの騎士**サー・ジョン・フォールスタッフ**から同じ文面の恋文を送られた**フォード夫人**と**ペイジ夫人**は、馬鹿にされたと怒って仕返しを企《くわだ》てる。そして、亭主は留守だからと騎士を誘い、騎士が家にやってくると「亭主が帰ってきた」と騒いで、騎士を洗濯籠《かご》に入れて、テムズ河へ捨ててしまう。このとき本当に、妻が口説《くど》かれていると知って嫉妬《しっと》した亭主の**フォード**が乗り込んできて、女房たちは驚く。間男《まおとこ》を逃がしたと亭主が悔しがるのを女房たちはおかしがり、次は騎士を老婆に変装させて逃がしたりして、女房たちは大いに楽しむ。最後に女房たちは事情を打ち

明け、みんなで騎士を懲《こ》らしめようということになり、騎士を森に呼び出し、妖精に扮《ふん》した子供たちにつねらせる。この最中に、ペイジ夫人は娘アンを医師キーズと結婚させようとし、夫**ジョージ・ペイジ**は娘をスレンダーと結婚させようとしていたが、アンは**フェントン**とこっそり式を挙げてしまう。妖精は子供で、自分は騙《だま》されていたと気づいたフォールスタッフは、ペイジ夫妻も出しぬかれたことをおもしろがる。

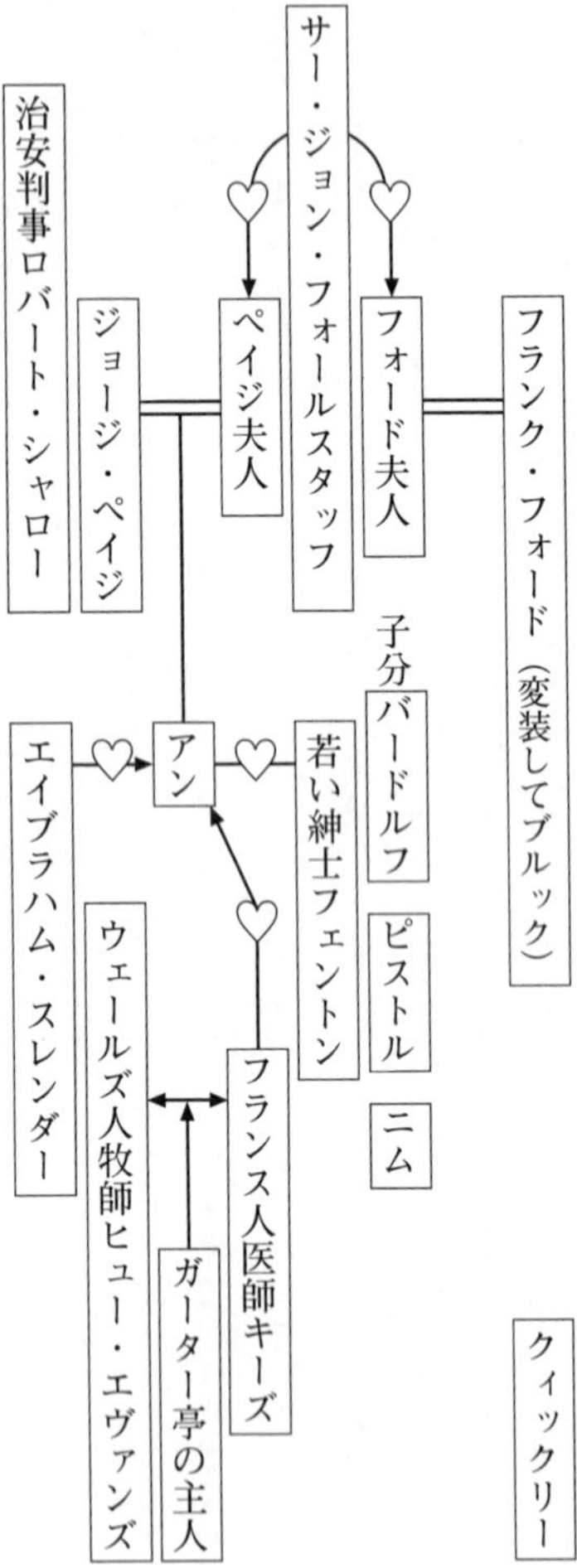

作品の背景

『ヘンリー四世』（154ページ）に登場するフォールスタッフをお気に召したエリザベス女王が、「フォールスタッフに恋をさせよ」と命じて書かれたという伝説がある。当時から人気が高い作品で、女王の御前その他の場所で何度も上演されていた。

ここがポイント

シェイクスピア作品中唯一の市民喜劇。フォールスタッフと女房たちの騙し合いの部分を狂言化した『法螺侍《ほらざむらい》』という作品もある（高橋康也《たかはしやすなり》作）。

名台詞

恋はまことに影法師《かげぼうし》。追えば追うほど逃げていく。

Love like a shadow flies when substance love pursues.

（第二幕第二場）

——妻の浮気現場を押さえようと、ブルックと偽名を使ってフォールスタッフのもとにやってきたフォードは、何食わぬ顔で恋を語る。

から騒ぎ *Much Ado about Nothing*

――推定執筆年一五九八〜九年
初版一六〇〇年

シシリー島北西部の町メッシーナの知事**レオナートー**の気丈《きじょう》な姪《めい》**ビアトリス**は、独身主義者の軍人**ベネディック**と会えば必ず毒舌合戦を繰り広げる犬猿の仲。この二人を互いに惚《ほ》れさせて結婚させてしまえと、陽気ないたずらが仕掛けられる。すなわち、「ビアトリスはベネディックに熱烈に恋して苦しんでいるが、それを隠しているのだ」と、ありもしないことを、わざとベネディックに聞こえるように内緒話をして、ベネディックの気持ちを変えさせるのだ。同じように「ベネディックはビアトリスに夢中だ」という話をビアトリスの耳にも吹き込んだ結果、二人は次第に相手を憎からず思うようになっていく。

一方、ベネディックの親友**クローディオ**は、ビアトリスの従妹《いとこ》**ヒアロー**と相思相愛となり、結婚を約束するが、アラゴンの領主**ドン・ペドロ**の腹違いの弟**ドン・ジョン**に騙《だま》され、結婚式の場でヒアローをふしだらな女と罵《ののし》り、立ち去ってしまう。ヒアローは失神し、修道士の機転で、死んだと公表される。ベネディックは、愛し合うようになったビアトリスから「クローディオを殺して！」と懇願《こんがん》されて、クローディオに決闘を申し込み、一時は大変な事態となりかかるが、やがて滑稽《こっけい》な巡査**ドグベリー**らの活躍によってドン・ジョンの陰謀が明るみに出る。クローディオは謝罪して、償《つぐな》いのためにヒアローの従妹と結婚することを同意。結婚式で娘は仮面を取ってヒアローであることを明かし、ベネディックとビアトリスも結ばれる。

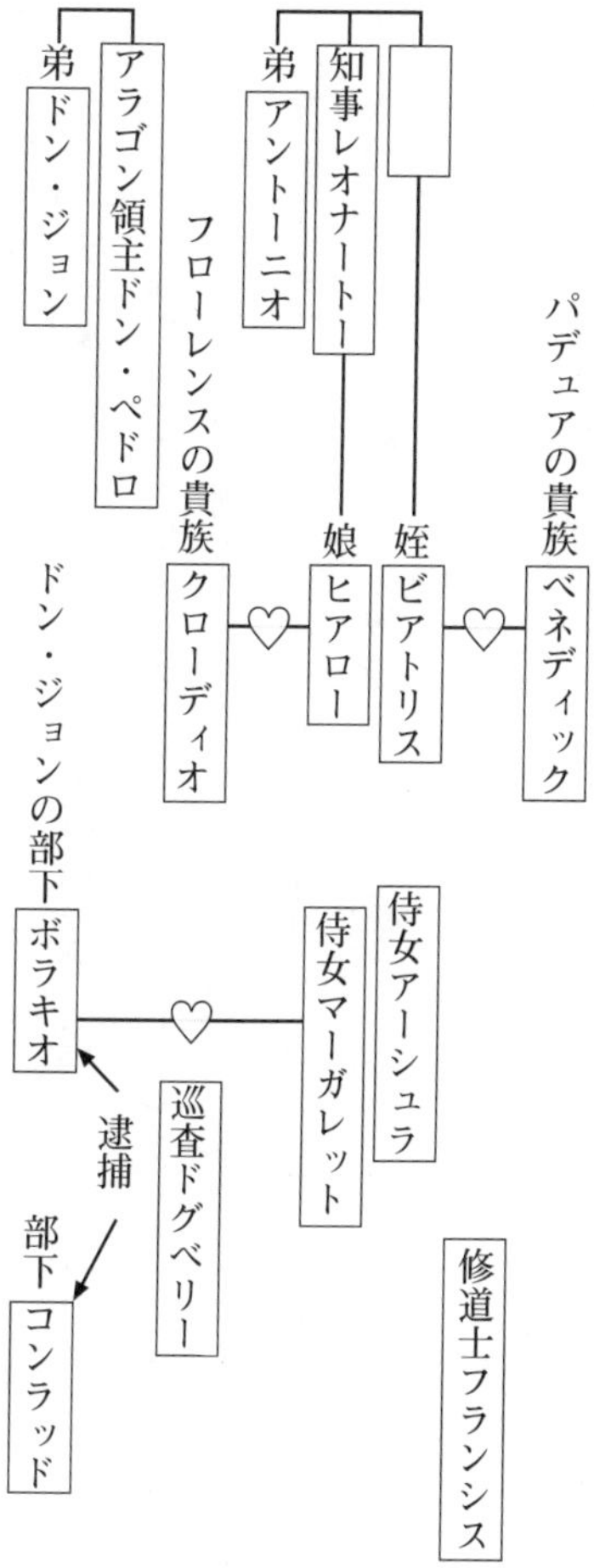

作品の背景とポイント

『お気に召《め》すまま』や『十二夜』と並ぶ円熟喜劇。現代の恋愛ドラマにもありそうな、会えば憎まれ口ばかり叩きあう男女がやがて恋に落ちていくところが見せ場のひとつ。いざとなれば男は剣を抜かねばならない時代の話であり、ベネディックが男同士の友情を捨てて、愛のために命を懸《か》けようとするところに真剣さがある。ベルリオーズがオペラ『ベアトリスとベネディクト』(初演一八六二)を書いたほどの人気作。

名台詞

恋を語るなら、ささやいて。

Speak low, if you speak love.

(第二幕第一場)

——仮面をつけたアラゴン領主ドン・ペドロが、部下のクローディオのために ヒアローを口説《くど》くときに言う台詞。ところが、クローディオは、ドン・ペドロがヒアローを自分のものにしようとしていると誤解してしまう。この誤解は伏線であり、のちに大きな誤解へと発展する。

お気に召《め》すまま　*As You Like It*

——推定執筆年一五九九年、初版一六二三年

末弟の**オーランドー**は、家督を継《つ》いだ兄**オリヴァー**から金をもらえず、大学にも行かせてもらえず、下男のようにこきつかわれて不満を抱えていた。ある日オーランドーは、**フレデリック**公爵の主催するレスリングの試合で勝利を収め、公爵の姪《めい》**ロザリンド**と恋に落ちる。弟の活躍に嫉妬したオリヴァーは殺意さえ抱き、オーランドーは危険を察知した召《めし》使い**アダム**の忠告に従ってアーデンの森へ逃れる。

ロザリンドの父はもともと公爵であったが、実の弟であるフレデリックに公爵領を奪われ、アーデンの森で暮らしていた。そこには憂鬱《ゆううつ》な皮肉屋**ジェイクィズ**などの貴族たちもいて、自然の厳しさのなかにも宮廷ができあがっていた。

やがてフレデリック公爵は、姪のロザリンドがいては娘の**シーリア**が見劣りしてしまうと考えて、ロザリンドにも追放を宣言する。シーリアは、大好きな従姉《いとこ》ロザリンドに同情し、道化《どうけ》**タッチストーン**を連れて従姉と一緒にアーデンの森へ出て行く。そこでは、オーランドーがロザリンドへの恋心を詩にして森の木々に貼り付けていた。

男装して〝ギャニミード〟と名乗ることにしたロザリンドは、オーランドーの〝男友だち〟になり、「恋愛の指南をしてあげるから自分をロザリンドだと思って口説《くど》いてごらん」ともちかけ、二人は恋愛ゲームを繰り広げる。

森では羊飼い**シルヴィアス**が女羊飼い**フィービー**を必死で口説いていたが、フィービーは〝ギャニミード〟を男と間違えて惚《ほ》れてしまう。道化は田舎娘**オードリー**を口説いて、結婚しようとする。

そうこうするうちに、オーランドーの兄オリヴァーもまた公爵に追放されて森へやってくる。オーランドーは兄が森のなかでライオンに襲われそうになっているのを目撃し、命懸《が》けでライオンと戦って兄を救い、怪我をする。その血に染まったハンカチを見て〝ギャニミード〟は失神してしまう。また、オリヴァーは、すっかり心を入れ替えたのみならず、シーリアと互いに顔を見つめあうなり相思相愛になってしまう。

最終場で〝ギャニミード〟は、オーランドーのロザリンドへの思いを魔法によってかなえてあげようと宣言する。そして、父親である前公爵から娘とオーランドーの結婚を認めるという承諾をとってから、ロザリンドの姿になって登場する。恋する相手が女だと知ったフィービーは、諦《あきら》めて羊飼いシルヴィアスの愛を受け入れ、オリヴァーとシーリア、道化とオードリーと合わせて四組のカップルが成立する。

ギリシャ神話の婚姻の神ヒュメーン（ハイメン）が登場して、皆に祝福を与える。

最後に、フレデリック公爵が突然改心して、兄に公爵領を返還することにしたという知らせが入る。一同は宮廷へ帰ることになるが、憂鬱な貴族ジェイクィズは隠者生活を選んだフレデリックのもとへ行くと言って、祝いの場から立ち去る。

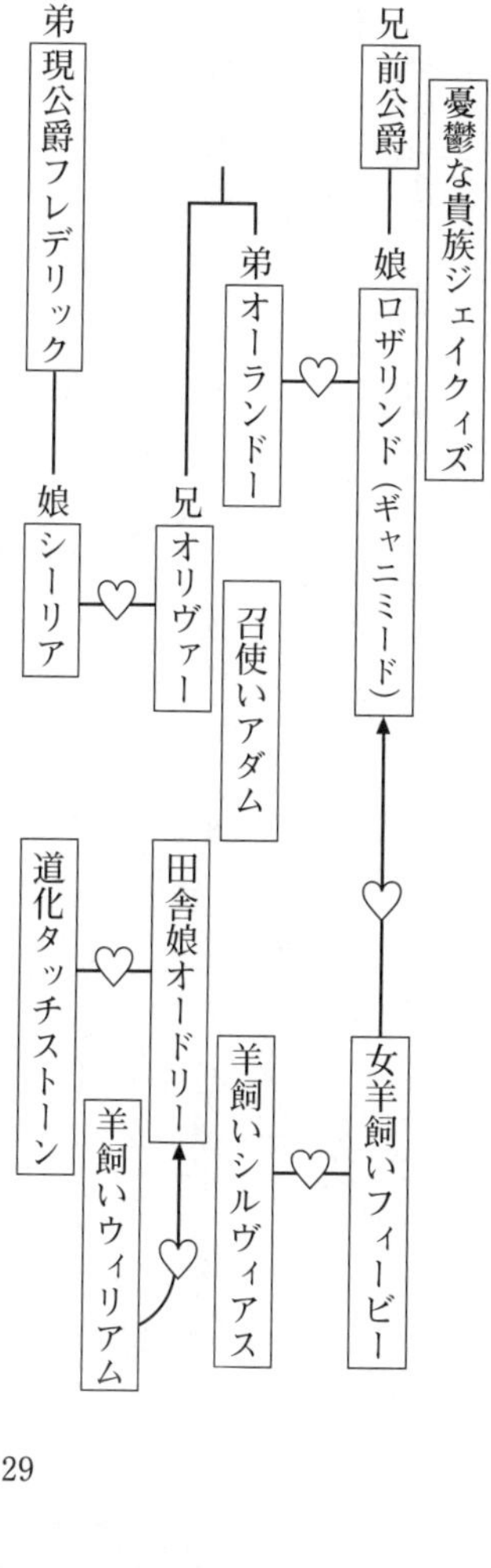

作品の背景

トマス・ロッジの散文物語『ロザリンド』(一五九〇)が原作だが、ところどころシェイクスピアらしいアレンジが入る。たとえば、原作ではアリンダ(シーリアに相当)が山賊に襲われたところをサラディン(オリヴァーに相当)が救ったのがきっかけで二人に恋が芽生《めば》えるが、シェイクスピアはいきなり電光石火《でんこうせっか》の一目惚れにしている。また、原作では王位簒奪《さんだつ》した弟が森にいる兄を討《う》とうと挙兵して倒されるが、シェイクスピアは何の理由も示さず、突然フレデリックが改心したことにしてしまう。そのあたりのご都合主義的な筋書きの乱暴さも、シェイクスピアらしさである。

ここがポイント

シェイクスピアの描いた女性登場人物のなかで最も台詞量が多いのがロザリンド。心に秘めた恋心を表象するのに女性性(女心)を男装によって隠すという仕掛けを用いた。しかも、エリザベス朝時代に女優はおらず、少年俳優がロザリンドを演じたから、男に扮《ふん》する女を男が演じたという複雑な構造となり、演劇性がいっそう高まる。

名台詞

この世はすべて舞台。
男も女もみな役者に過ぎぬ。
退場があって、登場があって、
一人が自分の出番にいろいろな役を演じる。
その幕は七つの時代から成っている。（中略）
そして最後に、
この奇妙な出来事だらけの歴史を終える場面は、
第二の幼児期、ただの忘却《ぼうきゃく》、
歯もなく、目もなく、味もなく、何もない。

All the world's a stage,
And all the men and women merely players;
They have their exits and their entrances,
And one man in his time plays many parts,

（第二幕第七場）

His acts being seven ages...
Last scene of all,
That ends this strange eventful history,
Is second childishness, and mere oblivion,
Sans teeth, sans eyes, sans taste, sans everything.

——皮肉屋の貴族ジェイクィズが公爵を相手に人生談義をする。人生の「七つの時代」とは、赤ん坊、子供、恋する若者、軍人、裁判官、老人、そして寝たきりである。このように、人生を演劇にたとえる発想をテアトラム・ムンディ（世界劇場）という。

恋は狂気にすぎない。（第三幕第二場）

Love is merely a madness.

——男装したロザリンドは、恋するオーランドーに話しかけ、恋とは何かを講釈する。

男なんて口説くときは四月だけど、結婚したら一二月。（第四幕第一場）

Men are April when they woo, December when they wed.

——オーランドーとの恋愛ゲームの最中に、ロザリンドが叩く軽口。結婚したら、春の暖かかった愛情は冷めて冬の北風が吹くということ。「釣った魚に餌《えさ》はやらない」と同じ。

馬鹿は自分を賢いと思うが、賢者は己《おのれ》が阿呆《あほう》だとわかっている。（第五幕第一場）

The fool doth think he is wise, but the wise man knows himself to be a fool.

——道化タッチストーンは、田舎娘オードリーに好意を寄せる羊飼いウィリアムに対して「君は賢いか」と尋ね、相手が「ええ、かなり知恵はあります」と答えると、こう答えることで相手の愚かさを指摘する。ソクラテスの言う「無知の知」であり、『十二夜』の道化フェステも言及している（138ページ参照）。

十二夜　*Twelfth Night*

――推定執筆年一五九九～一六〇〇年
初版一六二三年

アドリア海沿岸、今のクロアチアやボスニア・ヘルツェゴビナあたりにあったとされる国イリリアを統治する**オーシーノ公爵**は、伯爵家の女主人**オリヴィア**に恋をする。だが、オリヴィアは兄の喪《も》に服していることを理由に、公爵に会おうとしない。

一方、海難に遭《あ》って双子の兄と生き別れた妹の**ヴァイオラ**は、イリリアに漂着し、男装して〝シザーリオ〟の偽名で公爵に仕えることにする。公爵は〝シザーリオ〟を気に入り、オリヴィアへの恋の使者にする。ヴァイオラは密かに公爵を慕《した》っており、好きな人のために他の女を口説《くど》く仕事をつらく思うが、その思いを隠してオリヴィアを口説きに出かけ、激しく迫る。するとオリヴィアは、〝シザーリオ〟の心の奥に秘められた強い思いを感じ、〝彼〟に惚《ほ》れて夢中になってしまう。

オリヴィアの叔父**サー・トービー・ベルチ**は、姪《めい》に恋する馬鹿な貴族**サー・アンドルー・エイギュチーク**に「望みをかなえてやる」と言って金を巻き上げ、飲み騒ぐ。ある晩、道化《どうけ》**フェステ**も一緒になって飲めや歌えやと騒いでいると、堅物《かたぶつ》で尊大な執事**マルヴォーリオ**に叱られたため、なんとかして仕返しをしてやろうと考える。トービーを好《す》いている侍女《じじょ》**マライア**がオリヴィアの筆跡を真似《まね》て偽《にせ》の恋文を書き、罠《わな》を仕掛けたところ、トービーたちが見守るなか、マルヴォーリオはまんまと罠にひっかかる。マルヴォーリオは、自分がオリヴィアに慕われているとのぼせあがり、結婚して伯爵になれると妄想して、手紙の指示通りに（オリヴィアが嫌いな）黄色い靴下を履《は》き、ニヤニヤ笑ってオリヴィアの前に現われたため、狂人として幽閉されてしまう。

やがてイリリアに、男装の〝シザーリオ〟とそっくりの双子の兄**セバスチャン**が登場し、混乱が始まる。弱虫のサー・アンドルーと女々しい〝シザーリオ〟を決闘させて楽しもうと、トービーが二人をけしかけていると、それまでセバスチャンを支えてきた船長**アントーニオ**が飛びこんできて〝シザーリオ〟をセバスチャンと思って助けようとしたり、別の場面ではサー・アンドルーが〝シザーリオ〟と思って殴りかかったらセバスチャンに殴り返されたり、といった具合。セバスチャンは、オリヴィアに〝シザーリオ〟と間違えて求愛されて夢心地になり、そのまま二人は結婚する。

その後、オリヴィアに夫と呼ばれて憤慨《ふんがい》した〝シザーリオ〟は、自分は公爵を愛していると宣言する。騒ぎが頂点に達したとき、皆が見守るなか、セバスチャンと〝シザーリオ〟が出会い、すべての誤解が解け、公爵はヴァイオラに結婚を申し込む。最後にマルヴォーリオが騙《だま》された事情が明かされ、トービーがこのいたずらの考案者であるマライアと結婚したことも伝えられる。道化フェステの歌で締めくくられる。

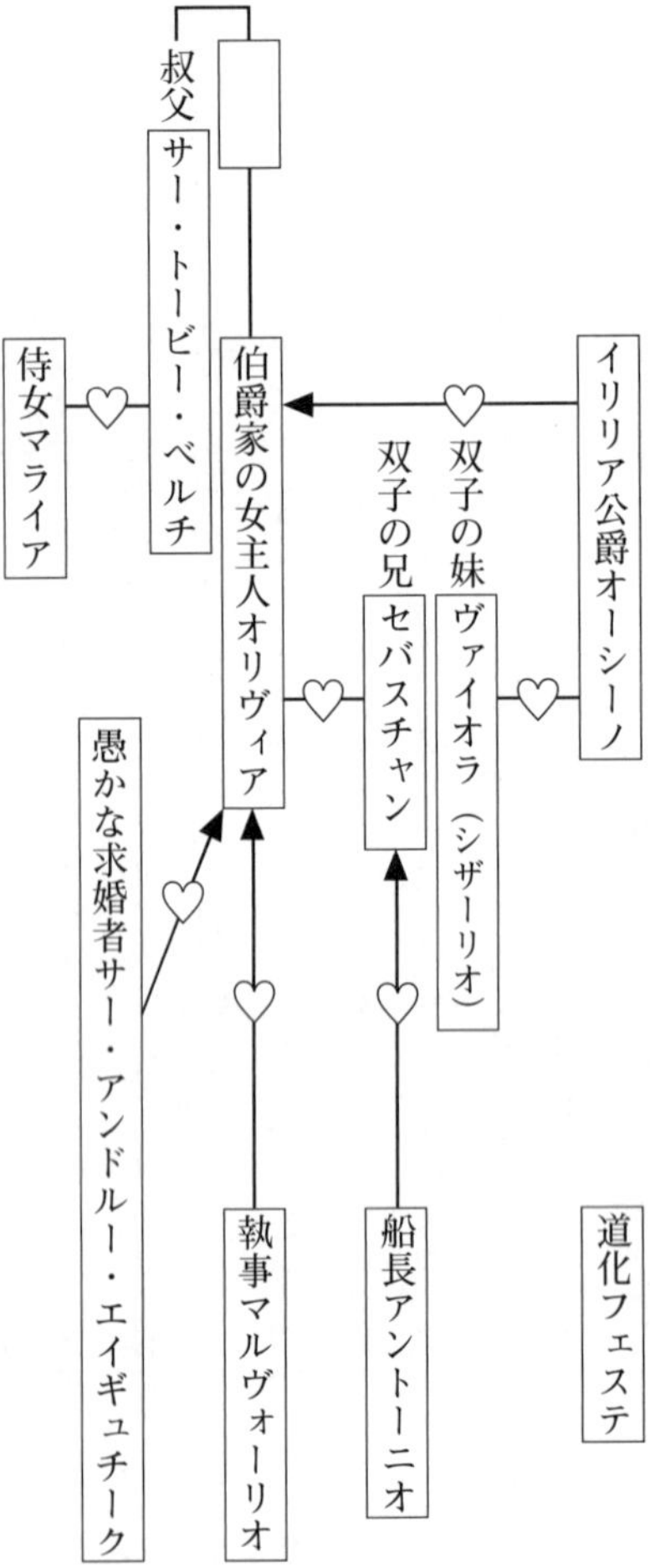

作品の背景

十二夜は、クリスマスから数えて一二日目に当たる顕現日《けんげんび》（エピファニー）の前夜（一月五日の夜）。クリスマスの飾りつけを外《はず》す夜でもあり、祝祭の終わりを意味する。シェイクスピアの書いた最後の喜劇であり、これ以降、悲劇時代へ突入する。

ここがポイント

主筋のオーシーノ公爵は——おかしな恰好《かっこう》をしないまでも——自分勝手にオリヴィアを熱愛するという点でマルヴォーリオと同じ愚を犯している。主筋の自惚《うぬぼ》れ屋は大《だい》団円《だんえん》を迎えて輝くが、副筋の自惚れ屋には影が差す。もう一人の求婚者サー・アンドルーもさんざんな目に遭《あ》うが、副筋の人物たちはそのように影を引き受けることで、主役たちに光を当てているのである。喜劇ではあるが、作品世界にさまざまな影が差し込んでおり、しみじみとした人生の奥深さを感じさせる。タイトルが示すように、ひとしきり笑って楽しんだあとは祝祭を終えなければならないという諦念《ていねん》が通奏低音《つうそうていおん》として作品に響き渡っている。

名台詞

音楽が恋の糧《かて》なら、続けてくれ。
嫌というほど味わえば、さすがの恋も飽《あ》きがきて、
食欲も衰え、なくなるかもしれぬ。

（第一幕第一場）

If music be the food of love, play on,
Give me excess of it; that surfeiting,
The appetite may sicken, and so die.

——冒頭の公爵の台詞。オリヴィアへの恋心を弱強五歩格《じゃつきようごほかく》（アイアンビック・ペンタミター）の美しい韻律《リズム》に乗せて語る。

アホな知恵者たるより、知恵ある阿呆《あほう》たれ。

（第一幕第五場）

Better a witty fool than a foolish wit.

——道化フェステの名言。ソクラテスの「無知の知」（自分が知恵者だと思う人は愚かだが、自分が愚かだとわかっている人は知恵がある）。

ああ、時よ、このもつれ、ほぐすのはおまえ、私じゃない。
私には固すぎて、解《と》きほぐそうにも、ほぐせない。
（第二幕第二場）

O time, thou must untangle this, not I,
It is too hard a knot for me t' untie.

——男装のヴァイオラが、自分は女であるからオリヴィアに惚れられても仕方ないし、今の自分は男であるから公爵への恋は成就しないと考え、このもつれを解くのは時に任せるしかないと言う。行末の not I と untie が韻を踏む二行連句になっている。

思いに耽《ふけ》り、憂鬱《ゆううつ》でひどい顔にやつれ、
忍耐の像のように悲しみに微笑《ほほえ》みかけていました。
これこそ愛ではありませんか、まことの？
（第二幕第四場）

And with a green and yellow melancholy
She sat like Patience on a monument,

Smiling at grief. Was not this love indeed?

――男装したヴァイオラは、「私には、あなたのような男性に恋した妹がいた」と公爵に話し、妹にことよせて自分の秘めた恋心を訴える。自分の本当の姿を隠す変装という演劇的仕掛けが、秘めた女心を巧《たく》みに表現している。

偉大さを恐れてはなりません。生まれついて偉大な者もあれば、偉大さを勝ち得る者もあり、偉大さを与えられる者もあります。（第二幕第五場）

Be not afraid of greatness. Some are born great, some achieve greatness, and others have greatness thrust upon 'em.

――マライアが仕掛けた偽のラブレターに書かれた文句。伯爵になりたいと夢想するマルヴォーリオにとって、この言葉はあまりにも魅力的だった。マルヴォーリオはこの言葉を口ずさみながらオリヴィアの前に登場し、気が変になったと思われる。

歴史劇

シェイクスピアの歴史劇は全部で一二作（ただし、『ヘンリー六世』三部作と『ヘンリー四世』二部作をそれぞれ一作品とみなすなら、全部で九作）。ここでは、通読しやすいように、執筆順ではなく時代順に並べたので、まず『ジョン王』が最初に来る。

一三世紀のジョン王だけ時代が離れているが、そのあと、名君エドワード三世（在位一三二七～一三七七）を描いた『エドワード三世』以降、話がつながっていく。すなわち、エドワード三世の孫リチャード二世が政治に失敗し、エドワード三世の四男の息子ヘンリー・ボリングブルックに王座を奪われる経緯を描くのが『リチャード二世』であり、ボリングブルックがヘンリー四世として即位してからは、『ヘンリー四世』、『ヘンリー五世』、『ヘンリー六世』と、ランカスター朝の時代が連続して描かれる。

ランカスター朝はここで一旦途切《いったんとぎ》れ、エドワード三世の三男の血を引くヨーク公リチャード・プランタジネットが、自分の王位継承権のほうがランカスター家よりも先だと主張して白薔薇《しろばら》を掲《かか》げて挙兵し、薔薇戦争（一四五五～一四八五）が始まる。赤薔薇（ランカスター朝）のヘンリー六世が存命中にヨーク公の息子がエドワード四世（在位一四六一〜八三）として即位したり、ヘンリー六世の王妃マーガレットや強大なウォリック伯の力によってヘンリー六世が再び王座に返り咲いたり（在位一四七〇〜七一）といった紆余曲折《うよきよくせつ》の末、結局ヘンリー六世はロンドン塔に幽閉され、一四七一年リチャードに暗殺されてしまう（シェイクスピアの描く歴史劇によれば）。

ヘンリー六世を殺したリチャードは、幼い甥《おい》のエドワード五世（在位は一四八三年の数カ月）を暗殺して、リチャード三世（在位一四八三〜一四八五）として即位する。そして、リッチモンド伯エドマンド・テューダーがそのリチャード三世を倒してヘンリー七世として一四八五年四月に即位し、薔薇戦争を終結するまでの過程を描くのが『リチャード三世』であり、『ヘンリー六世』三部作から『リチャード三世』まで話は連続している。

リチャード三世を討《う》ちとったヘンリー七世よりチューダー朝が始まり、ヘンリー七世の次男がヘンリー八世（在位一五〇九〜一五四七）となる。ヘンリー八世の治世を王女エリザベスの誕生まで描くのが『ヘンリー八世』である。

以上、シェイクスピアの歴史劇は、イングランドの王を表題に掲げてその時代を描くのが基本であるが、ヘンリー八世の時代に大法官《だいほうかん》を務めた『サー・トマス・モア』は悲劇でも喜劇でもないので、歴史劇に含められる。

なお、歴史劇を執筆順に並べるとき、第一・四部作、第二・四部作という呼び方をすることがある。第一・四部作とは『ヘンリー六世』三部作と『リチャード三世』で成り立つ四部作であり、第二・四部作とは『リチャード二世』から『ヘンリー四世』二部作を経て『ヘンリー五世』までのまとまりを指す。話の内容としては第二・四部作のほうが古い時代を描いているが、執筆は第一・四部作が先になるわけだ。

シェイクスピアがヘンリー八世の治よりあとを描かなかったのは、あまりにも時代が近すぎるからだろう。ヘンリー八世の子エドワード六世（在位一五四七〜一五五三）、メアリー一世（在位一五五三〜一五五八）、エリザベス一世（在位一五五八〜一六〇三）と時代は続き、このエリザベス一世がシェイクスピアの時代の女王であるため、その時代の演劇をエリザベス朝演劇という（一六四二年の劇場閉鎖までの演劇を、広義にエリザベス朝演劇と呼ぶことが多い）。なお、エリザベス一世の跡を継《つ》いだジェイムズ一世はスチュワート朝である。

ジョン王　*King John*

――推定執筆年一五九〇または一五九五年頃
初版一六二三年

プランタジネット朝第三代イングランド王**ジョン**（別名、失地《しっち》王、在位一一九九〜一二一六）は、ヘンリー二世と皇太后**エリナー**の五男であり、亡き四男ジェフリーの嫡男《ちゃくなん》**アーサー**に王位を譲るよう、その母**コンスタンス**から求められる。

フランス王**フィリップ二世**はコンスタンスに味方し、フランス・アンジュー州の都市アンジェでジョン王軍と戦争となる。アンジェ市民の提案により、ジョン王の姪《めい》でスペイン王女の**ブランシュ**とフランス**皇太子ルイ**の結婚による和睦《わぼく》が成ったが、ローマ法王の大使である枢機卿《すうききょう》**バンダルフ**はローマに反抗的なジョン王を破門し、和睦は解消される。再び戦争となって、ジョン王はアンジェを支配し、アーサーを捕縛《ほばく》する。

王からアーサー暗殺を命じられた忠臣**ヒューバート**は、情けを起こして匿《かくま》うものの、アーサーは逃げようとして城壁から飛び降りて死んでしまう。ヒューバートが殺したと誤解したイングランド諸侯は王から離反する。王が枢機卿に赦《ゆる》しを乞《こ》い、破門を解《と》いてもらったのち、王の兄リチャード一世（獅子心《ししん》王）の私生児**フィリップ**が大いにイングランド軍を鼓舞《こぶ》して、フランス軍と戦いが続けられる。

イングランド諸侯は再び翻意《ほんい》してジョン王につくが、形勢は悪く、王は修道士に毒を盛られて死ぬ。王子ヘンリー（のちのヘンリー三世）が即位し、フィリップが忠誠を誓って劇は終わる。

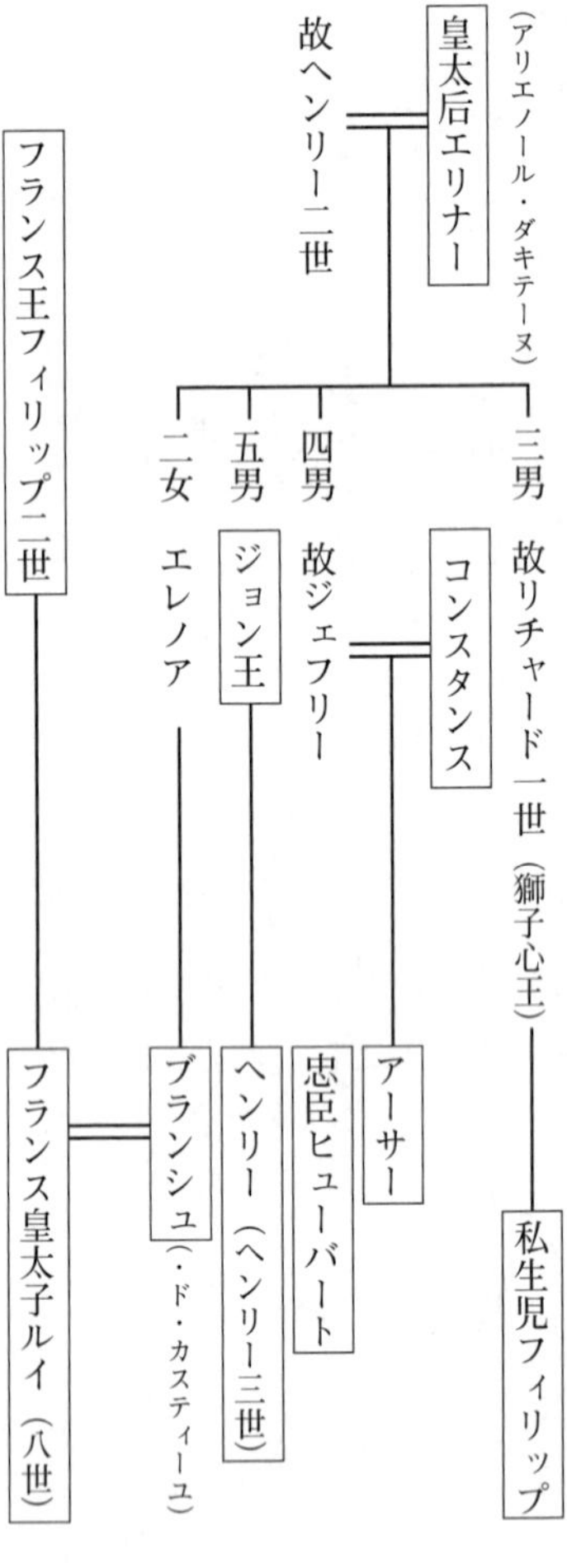

作品のポイント

世が世なら国王陛下として崇《あが》められるべき少年の前に真っ赤に焼けた鉄串《てつぐし》を持った男たちが現われ、少年の世話係ヒューバートが涙ながらにジョン王からの命令書を見せると、アーサーは自分の目が潰《つぶ》されると知って、必死の懇願《こんがん》をする。詩人A・C・スウィンバーンが、シェイクスピアが書いた最も感動的な場面として絶賛した。

名台詞

ぼくの目をつぶすの？
この目は、おまえをにらんだりもしてないし、
これからも、にらまないのに？
（第四幕第一場）

Will you put out mine eyes?
These eyes that never did nor never shall
So much as frown on you?

――このアーサーの訴えにヒューバートは心を動かされ、彼を助ける。

エドワード三世 *Edward III*

――推定執筆年一五八九年、初版一五九六年

イングランド王**エドワード三世**(在位一三二七〜七七)は、自分の母親イザベラがフランス王フィリップ四世の娘であり、イザベラ以外の兄弟に跡継《あとつ》ぎがいないことからフランス王位を主張し、一三三七年にフランスに宣戦する(百年戦争)。その機に乗じてスコットランド王が**ウォリック伯**の娘の**ソールズベリー伯爵夫人**のいる城を攻略したため、王は夫人を救うべく自らスコットランド戦へ出陣し、嫡男《ちゃくなん》である王子ネッドことエ**ドワード・プランタジネット**(**黒太子**《こくたいし》)に精鋭部隊結成を命じる。このとき本ばかり読んでいて戦いを知らない黒太子が大活躍するのが本作の見せ場の一つ。

王は伯爵夫人に出会ってその美しさに驚き、恋に落ちる。王は夫人の父ウォリック伯に命じて娘を差しださせようとし、戦争のこともうわの空になるが、夫人にたしなめられて目を覚まし、再び戦争へ心を向ける。

黒太子の活躍でクレシーの戦い(一三四六)やポワティエの戦い(一三五六)に勝利するが、そうしたなか、フランスの**シャルル王子**の親友である貴族**ヴィリエ**が**ソール**

ズベリー伯と交わした騎士道的約束を、シャルル王子が守って、囚《とら》われたソールズベリー伯を無事にカレーまで通してやるといった美談もある。最後にスコットランド王もフランスのシャルル王子も捕えられて、イングランドの勝利で大団円《だいだんえん》となる。

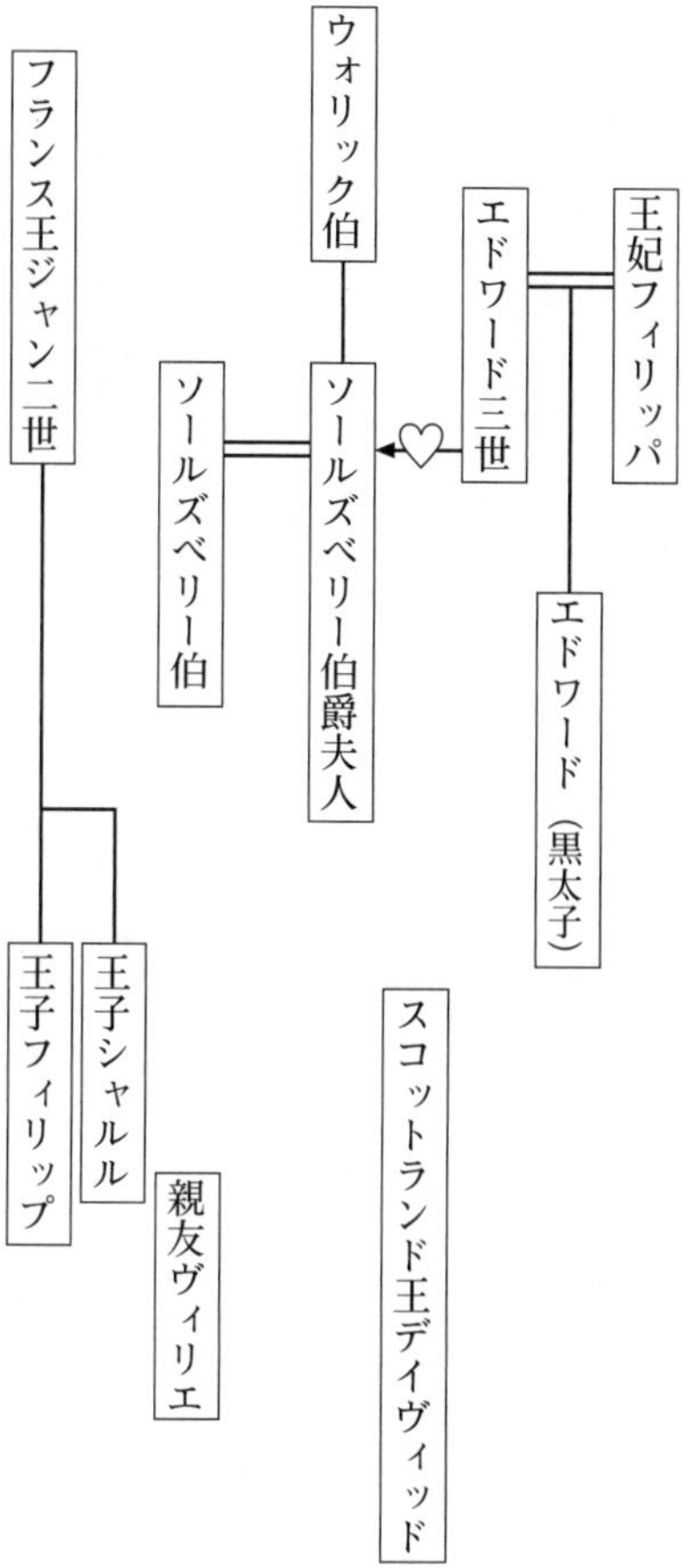

作品の背景とポイント

騎士道の華と謳《うた》われた名君エドワード三世は、ガーター勲章の創始者。一三四七年、ソールズベリー伯爵夫人が舞踏会で青いガーター（靴下止め）を落としたとき、王はそれを拾い上げて自分の足につけ、Honi soit qui mal y pense（思い邪《よこしま》なる者に災《わざわ》いあれ）と言ったという。

名台詞

金の盃《さかずき》に入った毒は最も危険に見え、
暗い夜は、稲妻《いなづま》の閃光《せんこう》でさらに暗く見え、
腐った百合《ゆり》は、雑草よりひどい臭いがする。

That poison shows worst in a golden cup;
Dark night seems darker by the lightning flash;
Lilies that fester smell far worse than weeds.

（第二幕第一場）

――この最終行は、シェイクスピアのソネット九四番の結句と全く同じ。

リチャード二世 *Richard II*

——推定執筆年一五九五年、初版一五九七年

エドワード・プランタジネット（黒太子）の嫡男《ちゃくなん》**リチャード二世**（在位一三七七〜九九）が従弟《いとこ》の**ヘンリー・ボリングブルック**に王位を奪われる苦しみを描く。

冒頭、ボリングブルックは、ノーフォーク公**トマス・モウブレー**を叔父グロスター公トマス（ウッドストック）暗殺に関与したとして告発し、決闘となるが、王はそれをとどめ二人ともに追放を命じる。追従者に囲まれた王に対して、ボリングブルックの老いた父**ジョン・オヴ・ゴーント**は病の床から意見するが、王は聞く耳を持たず、ゴーントが死ぬとその領地（イングランド最大のランカスター領）を没収してしまう。これを不当とするボリングブルックは、追放先から大軍を引き連れてイングランドに上陸。王がアイルランド遠征中、摂政として国を守る叔父**ヨーク公**は、王への叛逆《はんぎゃく》としてボリングブルックを非難するが、ボリングブルックは**ノーサンバランド伯**やその息子の**ヘンリー・パーシー**の軍勢を味方につけて、王に自らの追放取り消しと領地返還を要求する。庶民への圧政を続けていた王は立場が弱く、王位を譲らざるを得なく

なり、ボリングブルックはヘンリー四世として即位する。前王リチャードは、妻**イザベラ**と涙の別れをし、ポンフレット城の牢獄で瞑想に耽《ふけ》るうち、暗殺される。

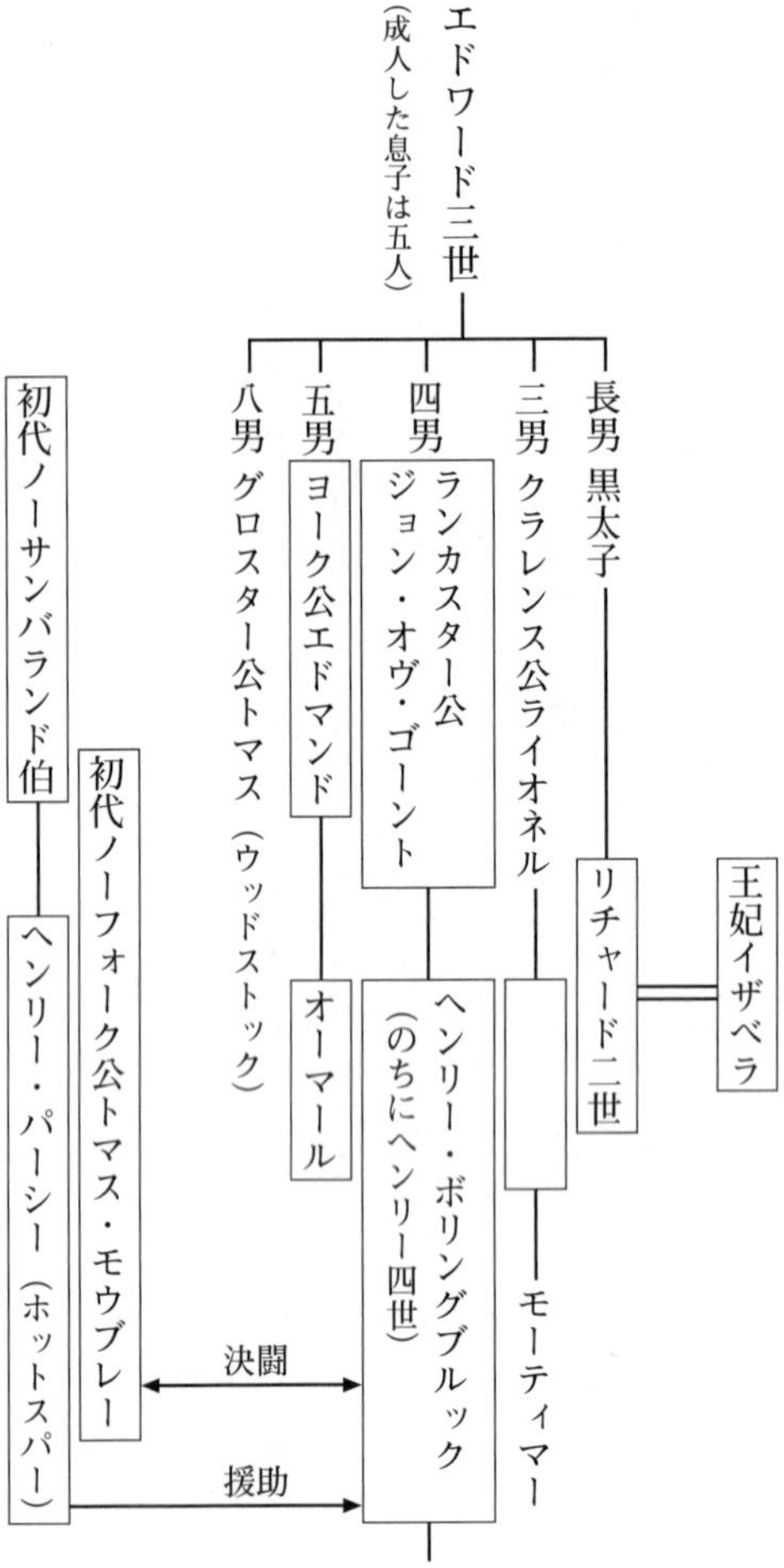

作品の背景とポイント

王が監獄のなかで自分とは何なのか瞑想する哲学的場面はのちのハムレットの瞑想の場の原点。廃位される王の悲哀を描くという点で、クリストファー・マーロウの『エドワード二世』とも類似し、作者不明の歴史劇『リチャード二世第一部、ウッドストックのトマス』（一五九二）と重なる部分もある。ボリングブルックの要求を支持したヘンリー・パーシーは、次の『ヘンリー四世』で王の忘恩《ぼうおん》に憤《いきどお》ることになる。

名台詞

我が栄光と王座を奪うがいい、
だが、この悲しみは奪えない。私は今でも悲しみの王なのだ。（第四幕第一場）

You may my glories and my state depose,
But not my griefs; still am I king of those.

——ボリングブルックに王座を奪われようとするリチャード二世は、自分が王であることにこだわりつづける。

ヘンリー四世第一部 *1 Henry IV*

――推定執筆年一五九六年、初版一五九八年

王**ヘンリー四世**（在位一三九九〜一四一三）は、**ノーサンバランド伯**の息子**ヘンリー・パーシー（ホットスパー）**の反抗的な態度に業《ごう》を煮やしていた。ホットスパーは対ウェールズ戦で捕虜となった義弟**エドマンド・モーティマー**の身代金を払って助けるよう王に求めるが、王は拒否する。モーティマーはエドワード三世の三男クラレンス公ライオネルの血を引いており、ヘンリー四世よりも優位の王位継承者だからだ。そこで、ホットスパーは、モーティマーとその義父であるウェールズの武将**オーウェン・グレンダワー**や、王に反感をもつ**ヨーク大司教**《だいしきょう》らとともに叛乱《はんらん》の挙兵をする。

一方、ヘンリー四世の嫡男《ちゃくなん》**ハル王子**は、大酒飲みの巨漢の騎士**サー・ジョン・フォールスタッフ**と追い剝《は》ぎをしたり、酒を飲んだりして自堕落《じだらく》な生活を送っていたが、一転して戦場で大活躍を見せ、ホットスパーを打ち倒す。死んだふりをしていたフォールスタッフが起きあがり、「ホットスパーを倒したのは自分だ」と主張するなど滑稽《こっけい》な展開が続くなか、戦いは残りの叛乱軍打倒のために続行する。

ヘンリー四世第一部

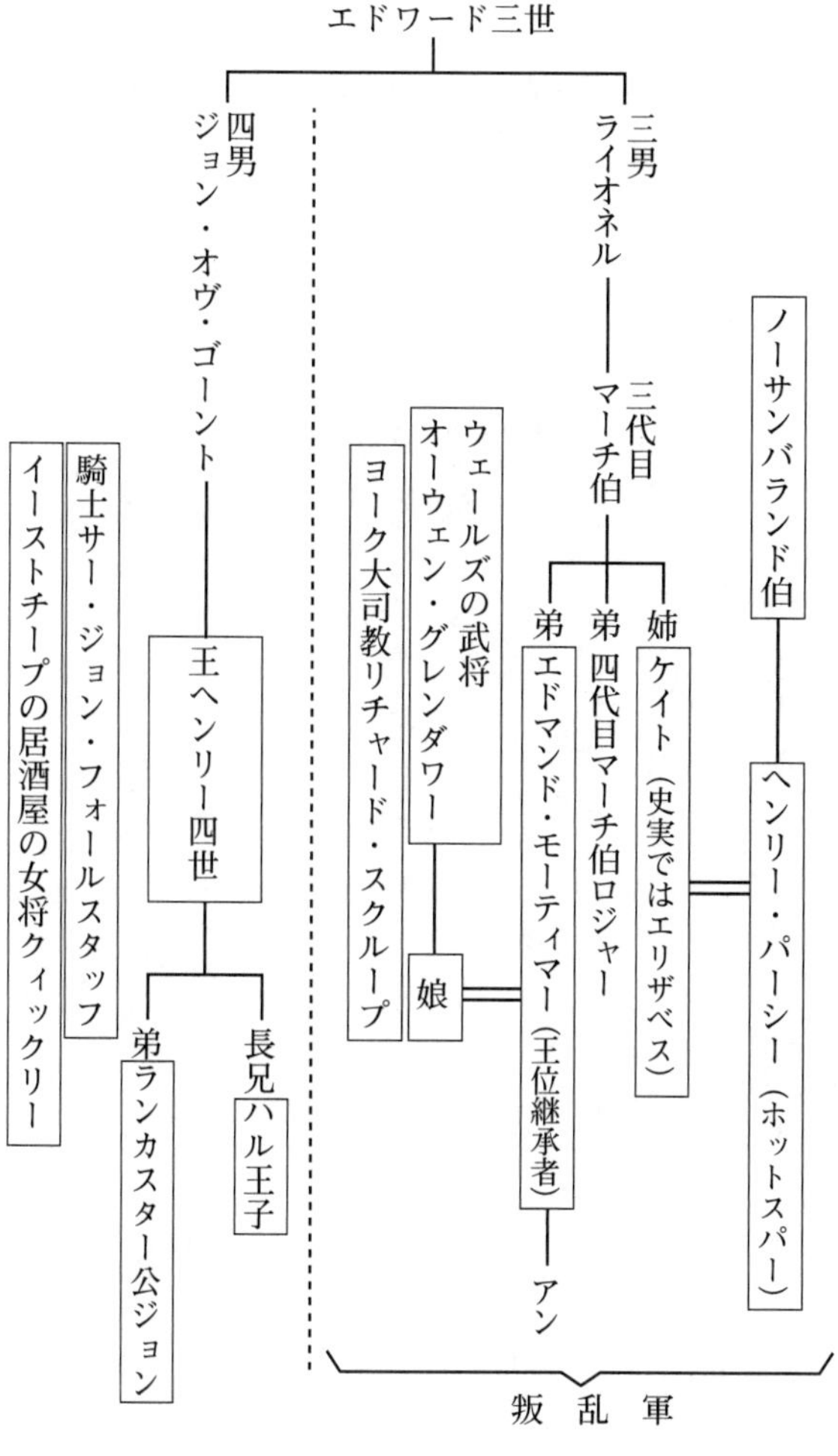
エドワード三世
四男
ジョン・オヴ・ゴーント
三男
ライオネル
三代目
マーチ伯
ノーサンバランド伯
王ヘンリー四世
長兄
ハル王子
弟
ランカスター公ジョン
騎士サー・ジョン・フォールスタッフ
イーストチープの居酒屋の女将クィックリー
ウェールズの武将
オーウェン・グレンダワー
ヨーク大司教リチャード・スクループ
娘
弟
エドマンド・モーティマー（王位継承者）
アン
弟
四代目マーチ伯ロジャー
姉
ケイト（史実ではエリザベス）
ヘンリー・パーシー（ホットスパー）
叛乱軍

ここがポイント

サー・ジョン・フォールスタッフとハル王子（ハルはヘンリーの愛称）の調子のよい掛け合いが見どころ。とくに臆病風《おくびょうかぜ》に吹かれたフォールスタッフが壮大な法螺《ほら》を吹いてごまかすのは痛快。歴史劇でありながら喜劇としての魅力を備《そな》えた劇である。

名台詞

おまえたちのことはわかっている。ただしばらくは、その気まぐれな放埓《ほうらつ》につきあってやるだけだ。だが、こうして私は太陽を真似《まね》よう。

I know you all, and will awhile uphold
The unyok'd humour of your idleness,
Yet herein will I imitate the sun.

（第一幕第二場）

――放蕩生活を続けるハル王子は、太陽が雲から顔を出して皆に喜ばれるように、自分もやがてはその本領を発揮するのだと言う。

ヘンリー四世第二部 *2 Henry IV* ――推定執筆年一五九七〜八年、初版一六〇〇年

ヨーク大司教《だいしきょう》は、**トマス・モウブレー**（のちにヘンリー四世となるボリングブルックとともに追放されたモウブレーの息子）らと叛乱《はんらん》の兵を進める。ヨーク軍鎮圧へ向かう国王軍に合流すべき**フォールスタッフ**は、イーストチープの居酒屋の女将**クイックリー**に訴えられ、この国の正義を司《つかさど》る**高等法院長**に叱られる。フォールスタッフが娼婦**ドル・テアシート**をめぐって**ピストル**と喧嘩をしたり、**ハル王子**と**ポインズ**が給仕人に変装してフォールスタッフをからかったりするうち、事態の急が告げられ、フォールスタッフは女たちと別れを告げて出陣することになる。途中、**シャロー判事**のもとで滑稽《こっけい》な徴兵を行ないながら兵役逃れの賄賂《わいろ》を集め、戦場では戦わずに、たまたま投降した敵の勲爵士《くんしやくし》（ナイト）を捕まえ手柄をあげる。

王子**ランカスター公ジョン**と**ウエスモーランド伯**は奸計《かんけい》を用いてヨーク大司教ら謀《む》叛人《ほん》を捕え、内乱は抑《おさ》えられる。ハル王子は重体の父が死んだと勘違いして王冠を自分の頭に戴《いただ》き、目の覚めた王に叱られる。やがて、王は他界し、晴れて王ヘンリー五

世となったハルは、即位式に駆《か》けつけたフォールスタッフに追放を宣告する。

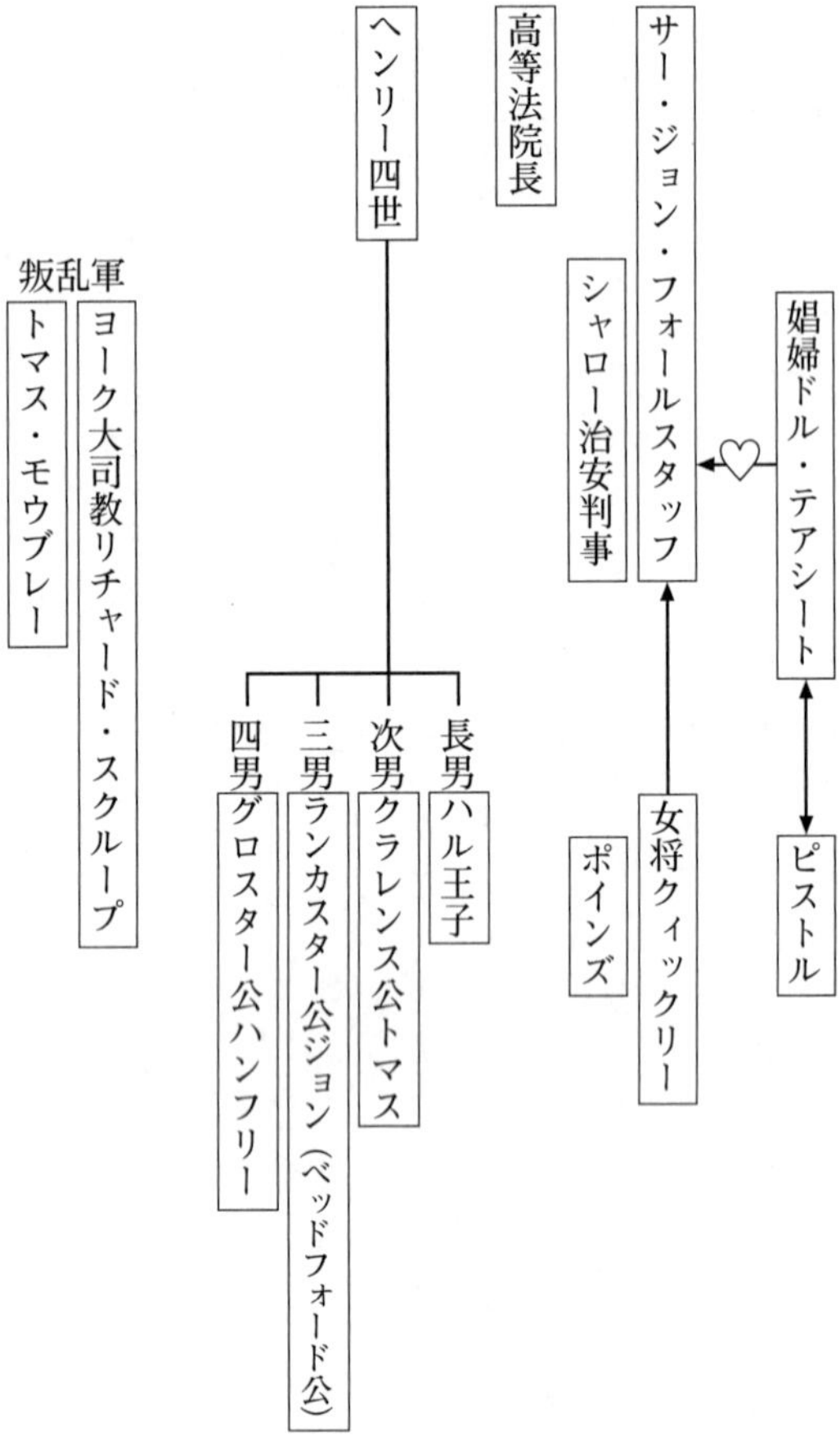

作品の背景とポイント

年をとって病気も悪化したフォールスタッフのやりたい放題もそろそろ終わりだという様子が詳しく描かれる。女将クィックリーや娼婦《しょうふ》ドルも逮捕され、綱紀粛正《こうきしゅくせい》の時代となり、最後にヘンリー五世による「フォールスタッフ追放」宣言がある。

名台詞

おまえなど知らぬ、老人よ。祈りを捧げるがよい。
白髪が道化《どうけ》にはなんとふさわしくないことか！
私は長いこと、そんな男の夢を見ていた。
（第五幕第五場）

I know thee not, old man. Fall to thy prayers.
How ill white hairs become a fool and jester!
I have long dreamt of such a kind of man.

——ハル王子が即位したことを喜んで駆けつけたフォールスタッフに対して新王は残酷な追放宣言を行なう。

ヘンリー五世　*Henry V*

——推定執筆年一五九九年、初版一六〇〇年

ヘンリー五世（在位一四一三～一四二二）は、フランス王位を主張してフランス遠征を開始。フランス皇太子**ルイ**はテニスボールを献呈《けんてい》して、王が若い頃遊び好きだったことを揶揄《やゆ》する。王はボールを砲弾に変えて返すと答え、叔父**エクセター伯**の使節を遣《つか》わしてフランス王**シャルル六世**に宣戦布告をする（英仏百年戦争第二期、一四一五～二〇）。そして、ハーフラーの戦いに勝利し、「クリスピアンの演説」で士気を高め、アジンコートの戦い（一四一五）で五倍のフランス軍を破って快進撃を続ける。

一方、フォールスタッフ（登場せず）は病死したと伝えられ、フォールスタッフの部下だった**バードルフ中尉**と**ニム伍長**は盗みで処刑される。旗手**ピストル**は、気骨のあるウェールズ人隊長**フルーエリン**に喧嘩で負けて韮《にら》を喰わされる。

なお、アジンコートの戦い前夜、王は一兵卒を装《よそお》い、王の戦争責任について兵卒たちと議論する。最後に、王は、有利な和平条約をフランスと結び、侍女《じじょ》**アリス**を通訳にして王女**キャサリン**を口説《くど》き、イングランド王妃に迎えて平和な時代が訪れる。

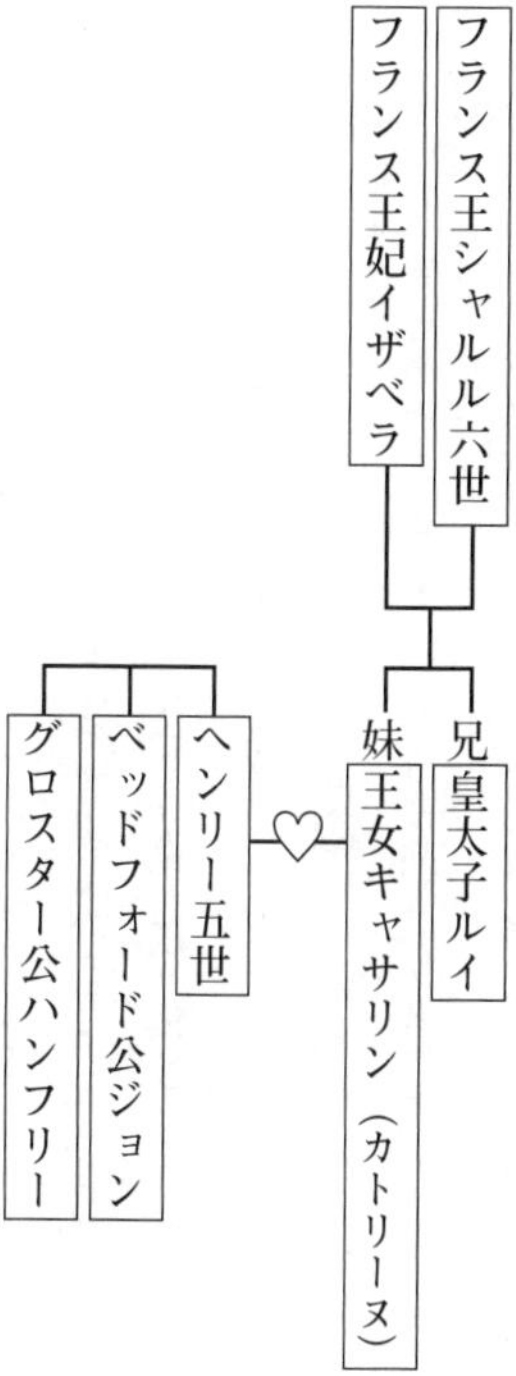

作品の背景とポイント

若き王が快進撃をし、イングランドの国威を発揚《はつよう》する愛国主義的な劇。ただし、一兵卒の反戦の思いなども描き込んでいる。作者不明の戯曲『ヘンリー五世の有名な勝利』（一五九八年初版）やホールやホリンシェッドの年代記に基づいている。

名台詞

そして今日この日から、世界の終焉《しゅうえん》に至るまで、

聖クリスピアンの祭日がやってくるたびに、
その日の我らが思い出されるのだ。
数少ない我ら、数少ない幸せな我らは、皆兄弟だ。
今日私とともに血を流す者は、
わが兄弟なのだ。

（第四幕第三場）

And Crispin Crispian shall ne'er go by,
From this day to the ending of the world,
But we in it shall be remembered——
We few, we happy few, we band of brothers;
For he to-day that sheds his blood with me
Shall be my brother.

——「クリスピアンの演説」で最も盛り上がる箇所。この戦いに参加しなかった連中は、今日（聖クリスピアンの日）我らとともに戦って男ぶりを発揮できなかったことを悔しがるだろうと続く。

ヘンリー六世第一部　*1 Henry VI*

——推定執筆年一五八九～九二年
初版一六二三年

一四二二年のヘンリー五世の葬儀後、王ヘンリー六世の叔父である摂政《せっしょう》**グロスター公**と王の大叔父ウィンチェスター司教《しきょう》**ヘンリー・ボーフォート**（のちに枢機卿《すうききょう》）が激しく対立して貴族間の溝が深まり、国外では**フランス皇太子シャルル**（のちにシャルル七世）のもとに現われた乙女**ジャンヌ・ダルク**がフランスにおける領土を奪回すべくフランス軍を率い、イングランドの勇猛な**トールボット**将軍と戦いを繰り広げていた。

ロンドンのテンプル法学院の庭園では、**リチャード・プランタジネット**（のちに第三代ヨーク公）が自分を支持する者は白薔薇《しろばら》を手折《たお》るように求めるが、ランカスター家（現国王の家系）を支持する**サマセット公**らは赤薔薇《あかばら》を選び、貴族間の対立が激化。

ヨークとサマセットの反目《はんもく》のため、トールボットはボルドーで孤立無援《こりつむえん》となり、討《う》ち死にする。仏摂政となったヨークは仏軍を撃退し、ジャンヌ・ダルクを火刑に処して勢力を伸ばす。赤薔薇派の**サフォーク伯ウィリアム・ド・ラ・ポール**は、王をアンジュ公**レニエ**の娘**マーガレット**と婚約（一四四四）させ、密《ひそ》かに王国の支配を狙う。

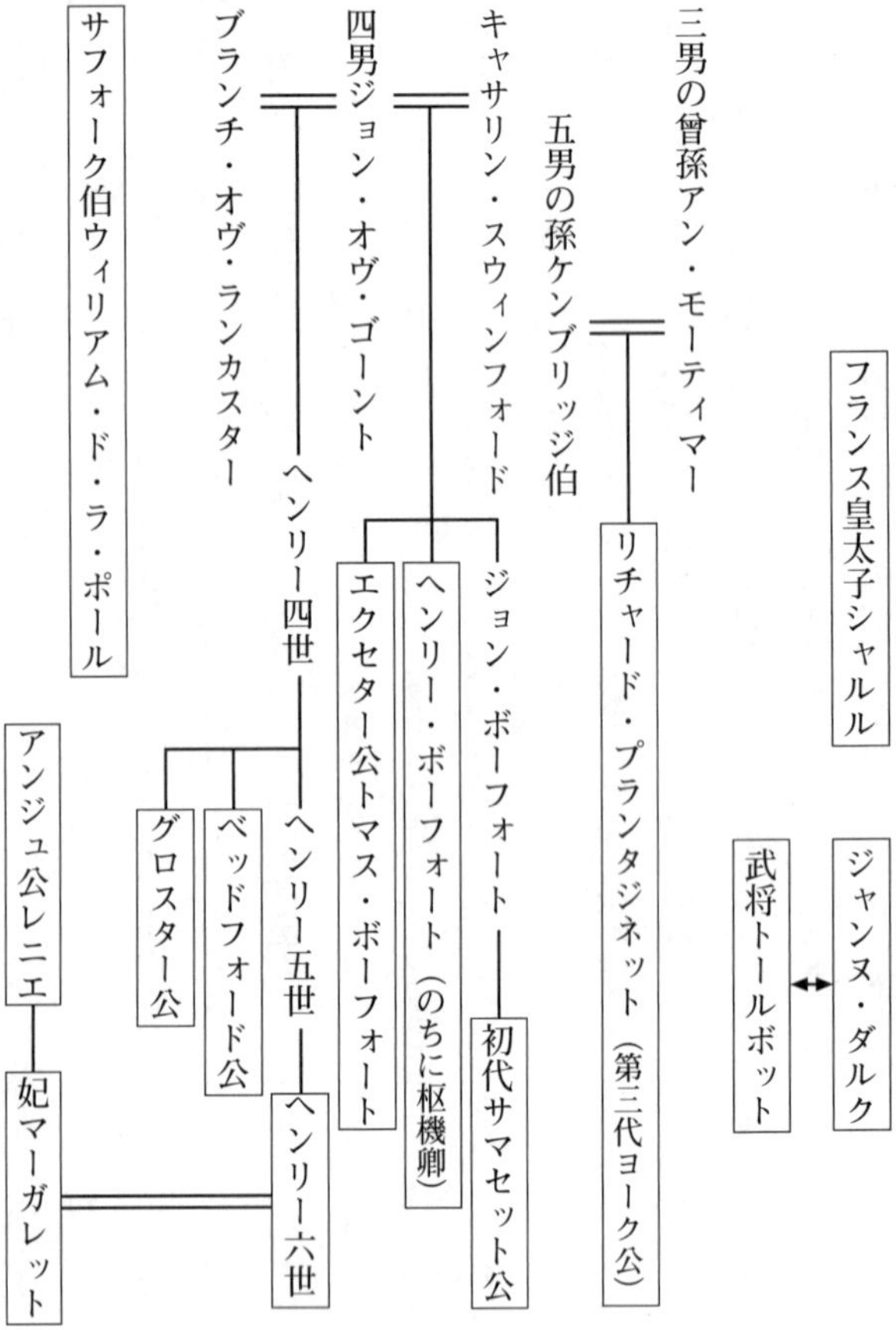
フランス皇太子シャルル
ジャンヌ・ダルク
武将トールボット
三男の曾孫アン・モーティマー
五男の孫ケンブリッジ伯
リチャード・プランタジネット（第三代ヨーク公）
キャサリン・スウィンフォード
四男ジョン・オヴ・ゴーント
ジョン・ボーフォート
初代サマセット公
ヘンリー・ボーフォート（のちに枢機卿）
エクセター公トマス・ボーフォート
ブランチ・オヴ・ランカスター
ヘンリー四世
ヘンリー五世
ヘンリー六世
ベッドフォード公
グロスター公
サフォーク伯ウィリアム・ド・ラ・ポール
アンジュ公レニエ
妃マーガレット

作品の背景とポイント

おそらくシェイクスピアがまだ駆け出しの頃、先輩劇作家たちと一緒に書き進めた時代劇。第一部は一六二三年の全集に収められたのが初版であるのに対して、第二部と第三部がそれぞれ『ヨーク、ランカスター両名家の抗争・第一部』（一五九四）、『ヨーク公リチャードの実話悲劇』（一五九五）として公刊されているため、第一部はエピソード・ワンとしてあとから書き足されたのではないかという説もある。

名台詞

いえ、いえ、私は私自身の影にすぎません。
勘違いをなさっている。私の実体はここにはない。

（第二幕第三場）

No, no, I am but shadow of myself:
You are deceiv'd, my substance is not here;

——トールボットは彼を騙《だま》して捕えようとしたフランスの伯爵夫人に対して、自分の実体は外に控《ひか》えている軍隊であると明かす。

ヘンリー六世第二部　*2 Henry VI*

——推定執筆年一五九〇〜一年
初版一五九四年

一四四五年の王妃**マーガレット**の英国到着から一四五五年の聖オールバンズの戦いで**ヨーク**が勝利するまでを描く。妃《きさき》をフランスから連れてきた**サフォーク伯ウィリアム・ド・ラ・ポール**は公爵に叙《じょ》せられ、高慢な王妃や**枢機卿《すうききょう》ボーフォート**らと陰謀を企《たく》み、王の叔父である摂政《せっしょう》**グロスター公ハンフリー**の妻**エレノア**を謀叛《むほん》人として捕え、善良な摂政も暗殺する。悲しんだ王はサフォークを追放し、サフォークと妃は嘆《なげ》きながら別れる。枢機卿は病に苦しんで悶死《もんし》し、サフォークも非業《ひごう》の死を遂《と》げる。

一方、エドワード三世の三男の玄孫《やしゃご》である**ヨーク公リチャード・プランタジネット**は、四男の曽孫である現国王より王位継承における優位を主張し、暴徒**ジャック・ケイド**に叛乱《はんらん》を起こさせると同時に、逆賊**サマセット公**の成敗《せいばい》を名目にアイルランドから挙兵し、薔薇戦争（一四五五〜八五）が勃発《ぼっぱつ》。ケイドの乱はバッキンガム公に鎮圧され、ケイドは倒されるが、聖オールバンズの戦いでサマセット公は殺され、王と王妃は逃亡。ヨーク公は、**ソールズベリー伯**やその息子**ウォリック伯**とともに勝利を喜ぶ。

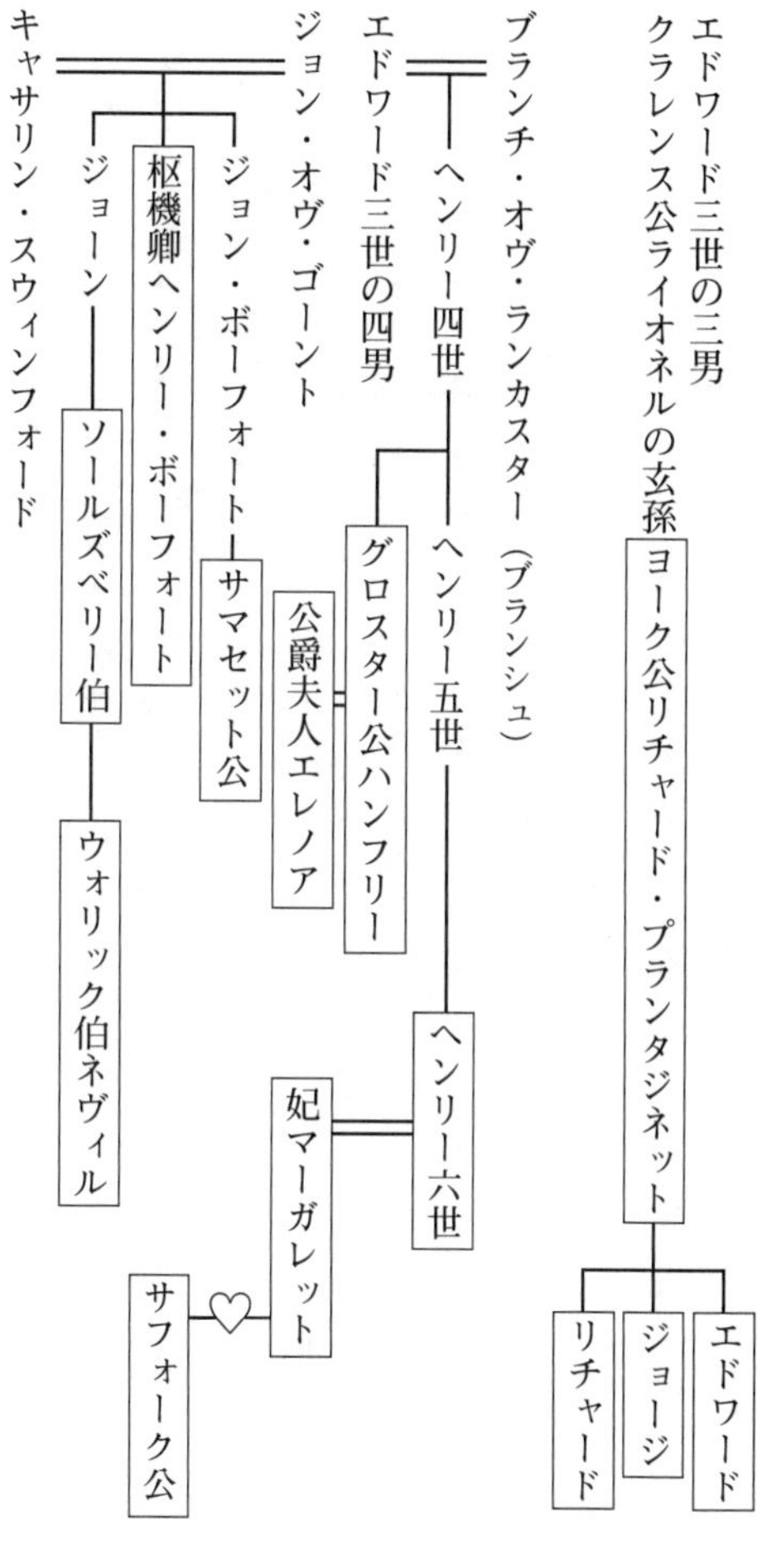

作品の背景とポイント

信仰は篤《あつ》いが政治力のないヘンリー六世の治世に、権力闘争が渦巻く。妃の愛人サフォーク公と、白薔薇を掲《かか》げるヨーク公の二人のせいで、イングランドは乱れた。題材は主にエドワード・ホール著の『歴史年代記』（一五四八）より採《と》られている。

名台詞

やるなら今だ、ヨーク、気弱な心を鍛え上げ
鋼《はがね》と化し、迷いを決意に変えろ。
なりたいものになれ、なれないならこのまま
死んでしまえ。

（第三幕第一場）

Now, York, or never, steel thy fearful thoughts,
And change misdoubt to resolution;
Be that thou hop'st to be, or what thou art
Resign to death.

——自分こそ王位に登るべき男だと考えるヨーク公の台詞。人間は自らの自由意志で望むものになれるというルネサンス的発想に基づく。

ヘンリー六世第三部　*3 Henry VI*

――推定執筆年一五九〇～一年
初版一五九五年

王位継承者として己《おのれ》の立場の弱さを認めた王**ヘンリー六世**は、自分の代まで王位を認めれば、その後、王位を**ヨーク公**へ譲ると言う。息子を廃嫡《はいちゃく》された王妃**マーガレット**は怒り、ウェイクフィールドの戦い（一四六〇）に勝利すると、ヨークの息子**ラットランド伯エドマンド**を殺し、ヨークに紙の王冠をかぶせてさんざん侮辱して殺す。ヨークの長男**エドワード**は、父に代わって挙兵し、王ヘンリーを捕え、エドワード四世として即位。弟**ジョージ**をクラレンス公に、弟**リチャード**をグロスター公とする。

皇太子エドワードを連れたマーガレットはフランス王**ルイ一一世**に助力を求める。そこへ**ウォリック伯**がエドワード四世とフランス王の妹との縁談のためにやってくるが、エドワード四世が勝手に**グレイ未亡人エリザベス**を妃としたため、怒ったウォリック伯は赤薔薇につき、エドワード四世を捕える。ヘンリー六世が王座に返り咲き、ウォリック伯は婿クラレンス公ジョージとともに王の摂政となる。リチャードは、兄エドワードを助け出してテュークスベリーの戦い（一四七一）で勝利し、皇太子エドワードを惨殺して妃を嘆かせ、ロンドン塔に監禁中のヘンリー六世を暗殺する。

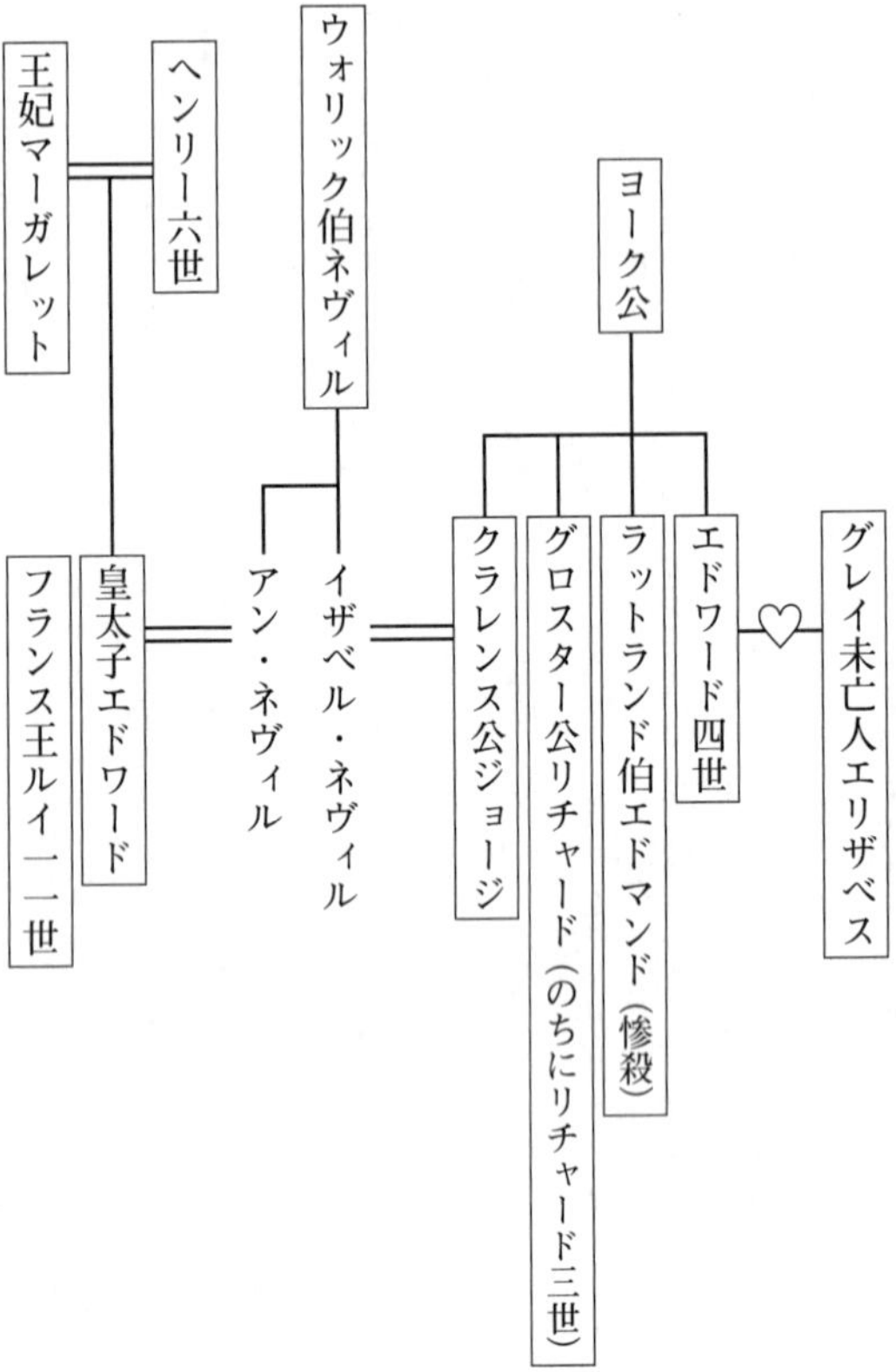

ここがポイント

グロスター公リチャードは、『リチャード三世』の主人公として野望を達成する。

名台詞

ああ、女の皮をかぶった虎の心よ！
子供の生き血をしぼりとり、
それで父親に目を拭《ふ》けと命じながら、
よくもまだ女の顔つきをしていられるな。

（第一幕第四場）

O, tiger's heart wrapp'd in a woman's hide!
How could'st thou drain the lifeblood of the child,
To bid the father wipe his eyes withal,
And yet be seen to bear a woman's face?

——マーガレットに捕えられたヨーク公は、息子ラットランドを殺され、その血に染まったハンカチで涙を拭けと嘲笑《ちようしよう》されて、こう嘆く。

リチャード三世 *Richard III*

——推定執筆年一五九二〜三年、初版一五九七年

兄**エドワード四世**の時代となって平和が続くなか、身も心も歪《ゆが》んだ野望の化身**グロスター公リチャード**は、悪党となって世の中を恨んでやると宣言する。まずリチャードは、兄**クラレンス公ジョージ**にあらぬ嫌疑をかけてロンドン塔送りにし、赤薔薇《あかばら》の王子エドワードの寡婦《かふ》**アン**を口説《くど》いて妻にする（これは一四七二年にあった史実）。

エドワード四世の希望により、王妃《おうひ》**エリザベス**の一族と諸侯との仲違《なかたが》いが解消されようとするとき、リチャードはクラレンス公ジョージの処刑（一四七八）を伝え、あたかもそれが王妃一族の仕業《しわざ》であるかのように振る舞う。兄エドワード四世が死ぬと（史実では王の死は一四八三年四月だが、シェイクスピアはクラレンス公の処刑を知らされたショックで即座に王が死ぬという展開にしている）、リチャードは妃の弟《きささき》**リヴァーズ伯アンソニー・ウッドヴィル**と連れ子の**グレイ卿**をポンフレット城で処刑し、幼い**エドワード五世**とその弟の**ヨーク公**をロンドン塔に幽閉した（これも史実）。

そして、それまで味方であった**ヘイスティングズ卿**がエドワード五世がいるのにリ

チャードを王につけるわけにはいかないと考えているとわかると、ロンドン塔での会議の席で、ヘイスティングズ卿を自分を暗殺しようとした容疑で逮捕し、即座に処刑（一四八三年六月）。次にリチャードは、**バッキンガム公**や**サー・ウィリアム・ケイツビー**と謀《はか》って、「エドワード四世は別の女性と婚約していたためエリザベスとの結婚は無効であり、エドワード五世は私生児である」と論じて、リチャードだけが王位継承者であることをロンドン市民に訴えた。そして、バッキンガム公が**ロンドン市長**や市民たちとともにリチャードに王位に就《つ》くように請願《せいがん》しに来ると、リチャードは二人の司教《しきょう》にはさまれて祈禱《きとう》書を手にして登場し、敬虔《けいけん》な人物であるかのように振る舞い、あたかもロンドン市民の熱い希望にやむなくしぶしぶ応《こた》えるかのようにして、リチャード三世として王位に就く（史実では、議会に推挙されて同六月に即位）。

だが、ロンドン塔にいる邪魔な甥《おい》エドワード（エドワード五世）とその弟の暗殺をバッキンガム公に命じると、バッキンガム公が躊躇《ちゅうちょ》したため、それまで腹心として働いてきたバッキンガム公さえ見限り、約束していた領地を与えない。そして、暗殺者を使って、幼い王子たちを殺させた（史実では、ロンドン塔の王子たちをいつ誰が殺したか不明）。バッキンガム公は、自分がヘイスティングズ卿の二の舞になるのを恐れて、リチャードのもとを逃げだす。

エドワード三世の四男ランカスター公ジョン・オヴ・ゴーントの玄孫《やしやご》**リッチモンド伯ヘンリー・テューダー**（のちのヘンリー七世）が、リチャード三世から王位を奪うべく挙兵（一四八三年一〇月）。エリザベスの連れ子の**ドーセット侯**がその支援に走ると、バッキンガム公もこれを支援するが、のちに捕えられ、処刑される（同一一月）。

リチャードは、自分の妻アンが重病だとの噂をまきちらして、これを暗殺し、王座を安定させるために兄の娘**エリザベス**と結婚しようと考える。赤薔薇の妃**マーガレット**や自分の母である**ヨーク公爵夫人**の呪いや嘆きのこだまするなか、リチャードは王子や親族を殺されて怨みに満ちた兄の妃エリザベスを口説いて、兄王の幼い娘エリザベスを自分の第二の妻に求める。兄の妃は激しく罵《ののし》り、「娘を口説くには、血の滴《したた》る心臓二つにエドワード、ヨークと彫りつけて贈りなさい」と嘲《あざけ》るが、リチャードの脅迫に逆らえず、「娘を口説いてくる」と同意して立ち去る（しかし、史実では娘エリザベスはリッチモンドの妻となることから、妃の同意は方便だったと解釈できる）。最後に、ボズワースの戦い（一四八五）の開戦前夜、リチャードは自分が殺した多くの亡霊に苦しめられたのち、リッチモンド伯の軍勢に殺される。

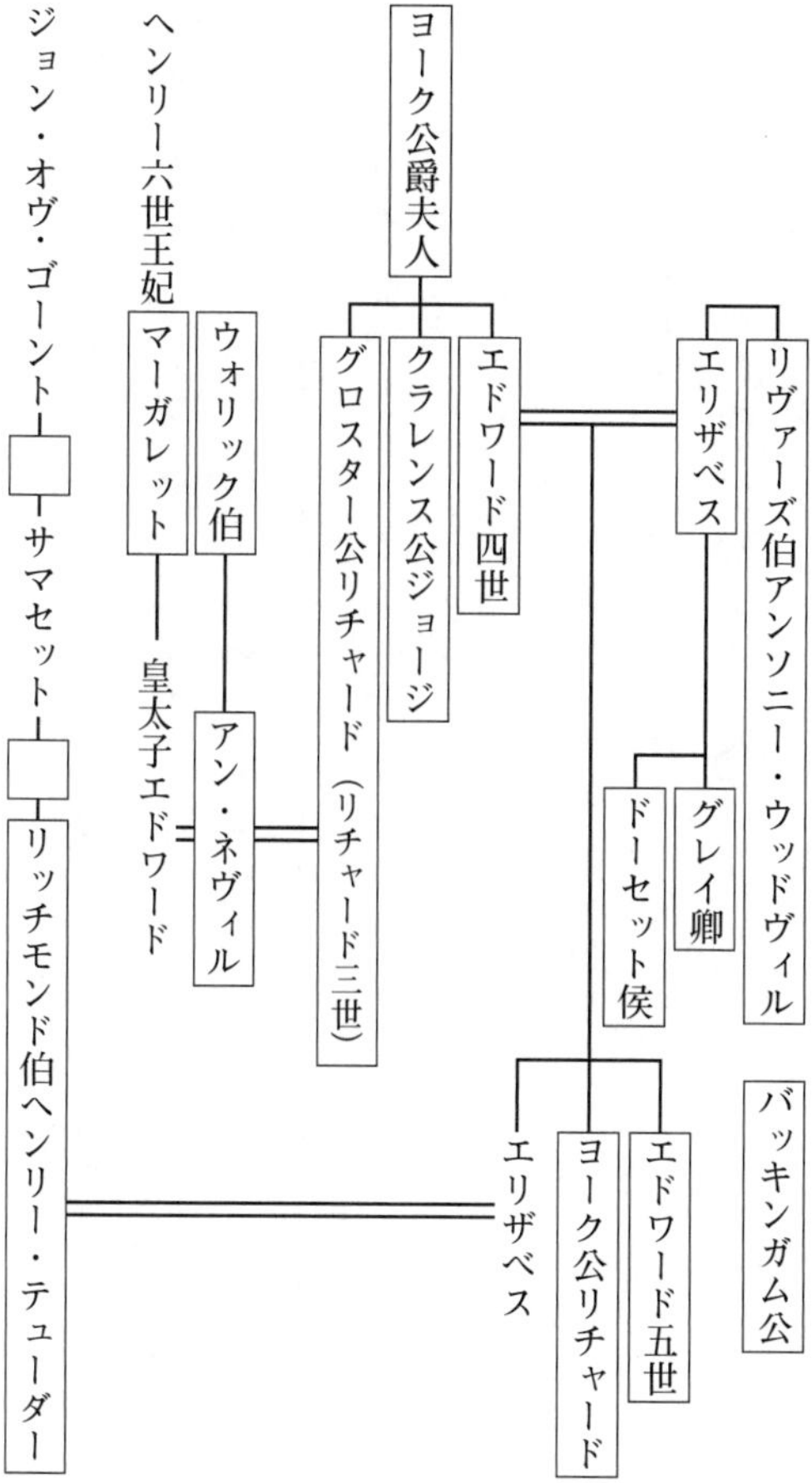

作品の背景

史実のリチャード三世は悪党ではなく、所謂《いわゆる》「テューダー朝神話」によって悪党に仕立てられたといわれている。ジョセフィン・テイ作『時の娘』にも史実のリチャード三世は悪党でも〝せむし〟でもなかったとあるが、二〇一二年八月にレスター市で発見され翌年二月にＤＮＡ鑑定の結果リチャード三世の骨と判定された骨には、脊《せき》柱《ちゅう》に強い彎曲《わんきょく》が認められている。

名台詞

今や我らが不満の冬も、
このヨークの太陽輝く栄光の夏となった。
わが一族の空に垂れ込めていた雲はすべて、
水平線の彼方《かなた》深く葬《ほうむ》り去られた。

Now is the winter of our discontent
Made glorious summer by this son of York;

（第一幕第一場）

And all the clouds that low'r'd upon our house
In the deep bosom of the ocean buried.

——リチャードによる劇の第一声。son of York は、「ヨークの息子」と「ヨークという太陽《サン》」の掛け言葉になっている。

（第一幕第一場）

となれば、美男美女と口上手だけがもてはやされるこの時代に、
恋の花咲くはずもないこの俺は、もはや、
悪党になるしかない。
世の中のくだらぬ喜び一切を憎悪してやる。

And therefore, since I cannot prove a lover
To entertain these fair well-spoken days,
I am determined to prove a villain
And hate the idle pleasures of these days.

——前の続き。リチャードの悪党宣言。

絶望して死ね！　（第五幕第三場）

Despair and die!

――ボズワースの戦い前夜、亡霊たちがリチャードにかける呪い。

馬だ！　馬だ！　王国をくれてやるから馬をよこせ！　（第五幕第四場）

A horse, a horse! my kingdom for a horse!

――ボズワースの戦いでのリチャードの叫び。

馬鹿野郎！　この命、投げた賽《さい》に賭《か》けたのだ。
死の目が出ようと、あとへは引かぬ。　（第五幕第四場）

Slave, I have set my life upon a cast,
And I will stand the hazard of the die.

――ケイツビーが「馬は用意するから、一旦《いったん》退却してください」と言うと、リチャードはこう答える。

ヘンリー八世　*Henry VIII*

――推定執筆年一六一三年、初版一六二三年

英仏の和平条約を祝う豪華な祝典を取り仕切った枢機卿《すうききょう》**ウルジー**は、思うがままに貴族を操《あやつ》るほどの絶大な権力をふるっていた。肉屋の倅《せがれ》のくせにと憤《いきどお》る**バッキンガム公**は激しい憎悪を露《あら》わにするが、ウルジーの策略により大逆罪で処刑される。

ウルジー邸での宴会で、王は妃《きさき》**キャサリン**の女官**アン・ブーリン**を見初《みそ》める。王は世継ぎが生まれないために長年連れ添ってきた妃を離縁しようとしていた。この離婚を画策していたのもウルジーであり、妃はウルジーを裁判官として認めず、法廷を退席する。王がすでに密《ひそ》かにアンと結婚していたことを知らなかったウルジーは、ルター派のアンを妃にするなどとんでもないと考え、フランス王の妹を妃に迎える裏工作を始める。これを知った王は怒り、しかもウルジーに莫大《ばくだい》な隠し財産があることが発覚して王は激怒、ウルジーの全財産を没収して全官職を剝奪《はくだつ》。ウルジーは失脚する。

アン新王妃の盛大な戴冠《たいかん》式の行列が舞台を通過する。その一方、離縁されたキャサリンは病に倒れ、枢機卿の没落と病死の報を聞き、かつての敵の冥福《めいふく》を祈りながら自

らも他界する。その後、王の寵愛《ちようあい》を得た**カンタベリー大司教《だいしきよう》トマス・クランマー**がルター派だとして、クランマーを異端として告発する新たな陰謀が繰り返されようとするが、王が超越的立場からクランマーを救う。**王女エリザベス**（のちのエリザベス一世）の賑《にぎ》やかな出産祝い（一五三三）で締《し》めくくられる。

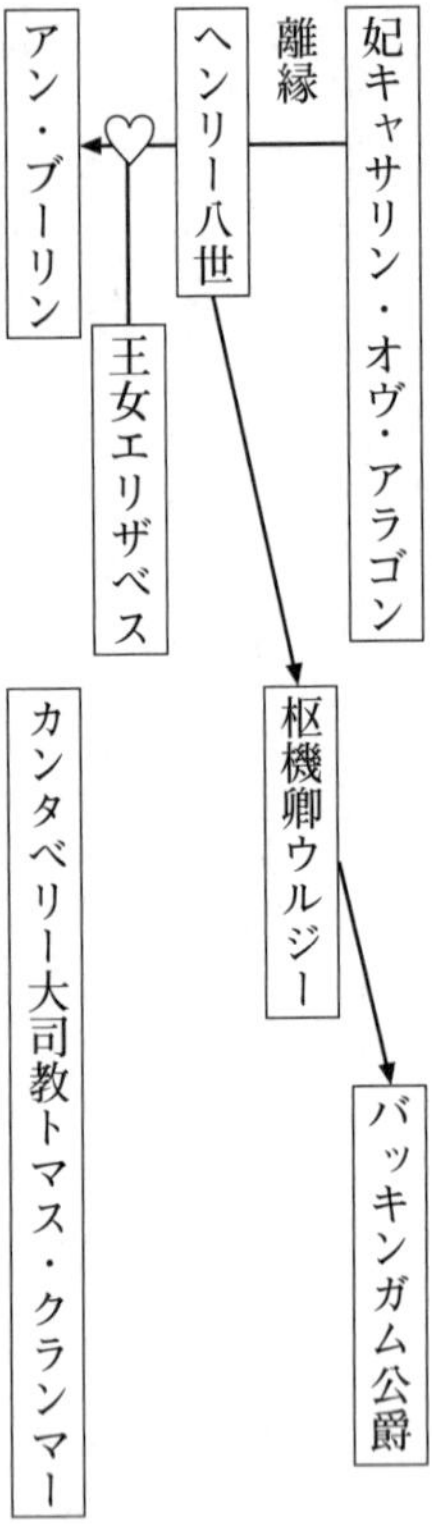

作品の背景とポイント

副題は「すべて真実」。シェイクスピアとジョン・フレッチャー（シェイクスピアの跡を継いで国王一座の座付き作家となる）が共同執筆した作品。この二人が共同執筆したものには、ほかに『二人の貴公子』と、現存しない『カーディーニオ』（一六一二年初演）がある。
一六一三年六月二九日、国王一座によりこの劇が上演された際、音響効果のため劇場背後で撃った空砲の砲身に小さな紙切れが入り、それが風に煽《あお》られて火の粉が劇場の萱葺《かやぶ》きの屋根に飛んで、一時間ほどあまりでグローブ座は全焼した。怪我人はなく、客の一人の服に火がついたのを別の客が飲んでいたビールをかけて消したという。

名台詞

落ちていく者にあまり追い打ちをかけなさるな！

Press not a falling man too far!

（第三幕第二場）

——絶大な権力を恣《ほしいまま》にしていたウルジーは、王の不興を買って失墜《しっつい》する。以前からウルジーを憎んでいたサリー伯とサフォーク公はここぞとばかりにウルジーの罪を並べ上げるが、見かねた宮内《くない》大臣がそれを止めてこう言う。

サー・トマス・モア　*Sir Thomas More*

——推定執筆年一五九二～三年、草稿のみ

『ユートピア』（一五一六）などの著作で知られる人文主義者**サー・トマス・モア**（一四七八―一五三五）の仁徳に溢《あふ》れた政治家としての活躍を描く。

冒頭、フランス人らのロンドンでの無法ぶりに市民が暴動を起こす（一五一七）。大工の**ウィリアムソン**がフランス人に妻**ドル**を奪われたり、物を盗られたりするなど、町は騒乱状態となり、ドルらは武装蜂起《ほうき》するが、トマス・モアの説得により一同は解散する。モアは首謀者の勅許《ちょっきょ》を約束したが、仲買人**リンカーン**は処刑されてしまう。

ユーモア好きのモアは召使《めし》い頭に自分の恰好《かっこう》をさせ、ロッテルダムの文人**エラスムス**を迎えさせるが、エラスムスはすぐに変装を見破る。**市長夫妻**を歓迎する際には、『才気と知恵の結婚』という道徳劇に「良き忠告」役として自ら出演する。

モアは大法官《だいほうかん》に昇進するが、国王**ヘンリー八世**と妃キャサリンの離婚を認可する文書への署名を拒絶したため（ただし、劇ではこの文書が何であるか明らかにされていない）、ロンドン塔に幽閉され、家族と別れを告げて処刑台の露《つゆ》と消える。

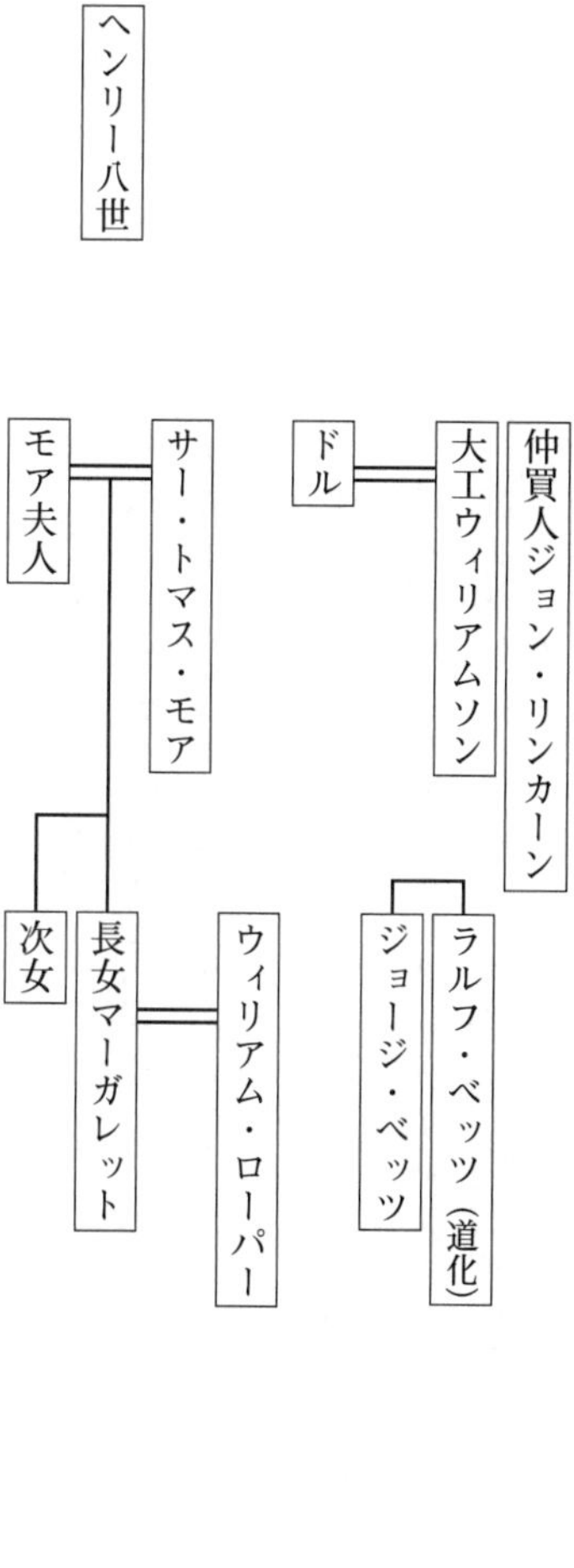

作品の背景とポイント

アンソニー・マンデイを中心として多数の劇作家が協力して執筆した作品。未出版の原稿のまま残っており、筆跡Aとされたのはヘンリー・チェトル、筆跡Bはトマス・ヘイウッド、筆跡Cは筆耕《ひっこう》（写筆屋）、筆跡Eがトマス・デッカーで、筆跡Dがシェイクスピアのものであろうとされている。

名台詞

私がこうしているのも神のおかげだ。
我々が畏《おそ》れ多くも運命と呼んだりするものは、
天の力の賜物《たまもの》なのだ。（第三幕第一場）

It is in heaven that I am thus and thus,
And that which we profanely term our fortunes
Is the provision of the power above.

——政治家として最高位とも言うべき大法官に任じられたモアが、自戒を籠《こ》めて述べる言葉。これは『オセロー』のイアーゴーの台詞——'tis in ourselves, that we are thus, or thus（我々がこうしているのは我々のせいだ）——と対照的であり、カトリックであるモアの信仰心の篤《あつ》さを示す。また、この台詞は、筆跡Dの加筆部分Ⅲと呼ばれている箇所にあり、その内容からいっても、シェイクスピアが書いた重要な台詞と考えられる。

問題劇

シェイクスピアの劇には、観《み》終わってすっきりしないものがある。これらを問題劇(Problem play)と呼ぶ。

「問題劇」という呼称を最初に用いたのは、シェイクスピア学者F・S・ボアズであり、その著書『シェイクスピアと先輩劇作家たち』(一八九六)で、ボアズは『トロイラスとクレシダ』、『終わりよければすべてよし』、『尺には尺を』の三篇に『ハムレット』を加えて、これらを問題劇とした。現在では、『ハムレット』が問題劇に加えられることはなく、そのほかの三篇を問題劇とするのが一般的である。

そうした劇の特性はボアズ以前から認識されており、シェイクスピア学者エドワード・ダウデンは一八七五年に、「深刻で、暗く、皮肉な喜劇」としてこれら三篇の喜劇をまとめている。

どの作品を問題劇と呼ぶべきかについては、さまざまな議論があるが、普通は悲劇時代(一六〇〇~〇六年)に書かれた作品を指す。本書ではローマ史劇や悲劇として分類されることもある『アテネのタイモン』を問題劇に含めた。それぞれの劇がなぜ「問題」なのかは、各解説をお読みいただきたい。

トロイラスとクレシダ *Troilus and Cressida*

——推定執筆年一六〇一〜二年
初版一六〇九年

トロイ戦争中のトロイ（トロイア）とギリシャが舞台。トロイ戦争の原因は、ギリシャの武将**メネラオス**の美しい妻**ヘレネ**（英名ヘレン）をトロイの王子**パリス**が誘拐したことにある。ギリシャの総大将**アガメムノン**はこれを国辱《こくじょく》と断じて、トロイの王**プリアモス**（英名プライアム）に戦を仕掛けた。トロイ戦争は一〇年の長きに亘《わた》って続き、ギリシャ側が贈ったトロイの木馬に潜伏したギリシャ軍の奇襲によって終止符が打たれることになるが、この劇は戦争七年目の出来事として描かれる。

トロイのもう一人の王子**トロイラス**は、トロイの神官**カルカス**の娘**クレシダ**に惚《ほ》れていた。トロイラスは娘の叔父**パンダロス**にあいだを取りもってもらってクレシダを抱くが、ギリシャ側に寝返っていたカルカスが娘をギリシャへ呼び寄せてしまう。

やがて一時休戦になり、敵陣に招かれたトロイラスは、契《ちぎ》りを交わしたクレシダがギリシャの武将**ディオメデス**（英名ダイオミディーズ）に色目を使い、トロイラスからの贈り物である袖《そで》を彼に渡すところを目撃して激怒する。休戦が終わって戦いが再開されると、トロイラスはディオメデスを倒そうとして追うが、打ち果たせない。

敵方ギリシャの陣営では、武将**アキレウス**の傲岸不遜《ごうがんふそん》な態度を知将**ウリッセス**（英名ユリシーズ）らが問題視していた。トロイの最強の武将**ヘクトル**（英名ヘクター）からギリシャ側の誰かと一騎打ちをしようと申し出があると、ウリッセスの指示によりギリシャ側から**アイアス**（英名エイジャックス）が選ばれ、アキレウスは面目を失う。いよいよ決闘となるが、ヘクトルはアイアスと血縁だという理由で、決闘は中止となり、拍子《ひようし》抜けとなる。

戦いが再開されたとき、可愛がっていた**パトロクラス**をトロイ軍に殺されて逆上したアキレウスは、英雄ヘクトルが武装を解《と》いて休んでいるところを大勢で弄《なぶ》り殺しにする。ヘクトルも英雄らしくなく、美しい甲冑《かつちゆう》を目当てにギリシャ兵を倒したのちに武装を解いたのであった。名誉や礼節が完全に崩壊して、欲望だけが渦巻く世界が描かれ、観客の期待はことごとく裏切られるのである。口の悪いギリシャ軍兵士**テルシテス**（英名サーサイティーズ）が口汚く罵《ののし》り、古代叙事詩の英雄たちは矮小《わいしよう》化され、人間の汚いところばかりがさらけ出されて、劇は終わってしまう。

トロイラスとクレシダ

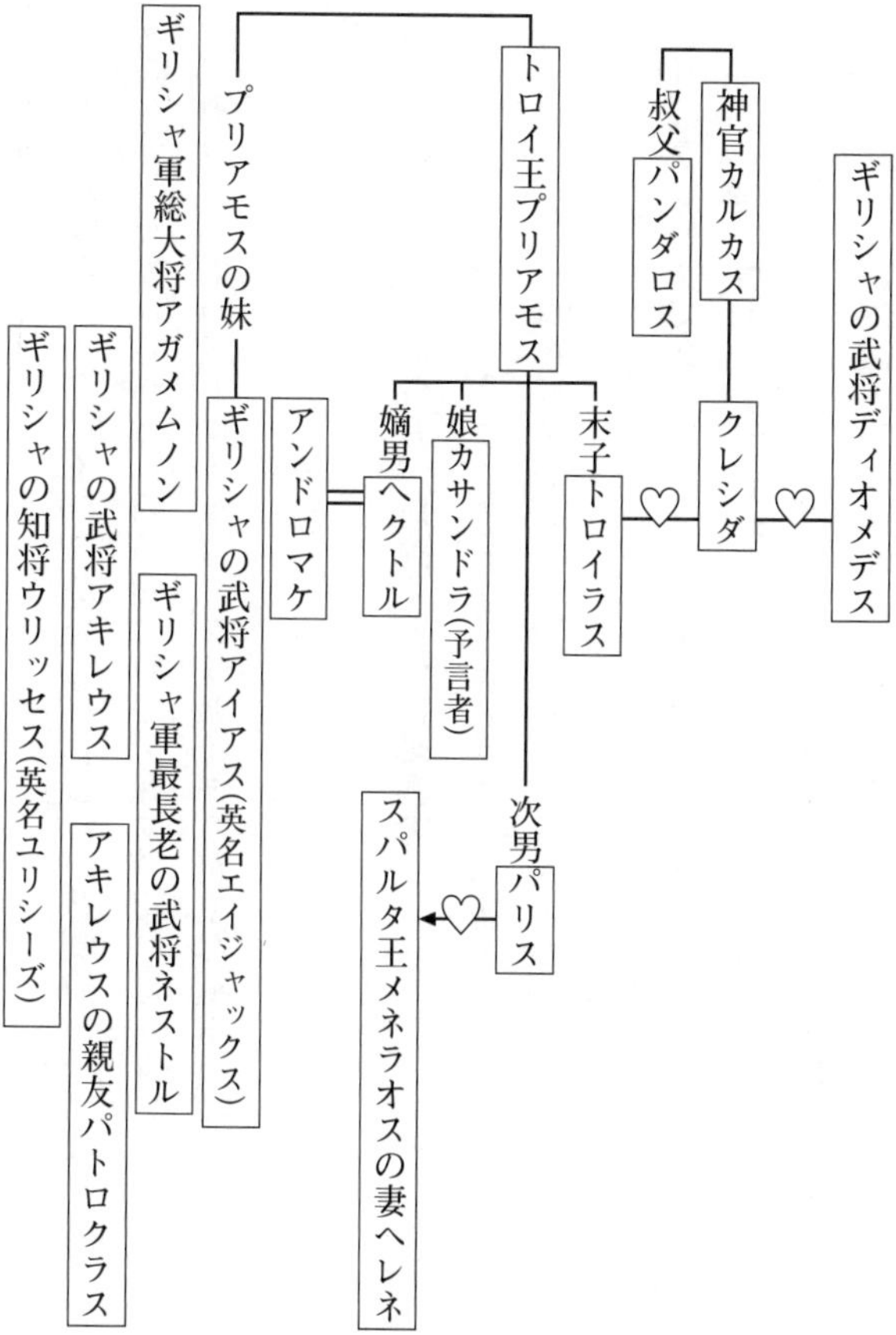
ギリシャの武将ディオメデス
神官カルカス
叔父パンダロス
クレシダ
トロイ王プリアモス
末子トロイラス
娘カサンドラ(予言者)
嫡男ヘクトル
アンドロマケ
次男パリス
スパルタ王メネラオスの妻ヘレネ
プリアモスの妹
ギリシャの武将アイアス(英名エイジャックス)
ギリシャ軍総大将アガメムノン
ギリシャ軍最長老の武将ネストル
ギリシャの武将アキレウス
アキレウスの親友パトロクラス
ギリシャの知将ウリッセス(英名ユリシーズ)

作品の背景とポイント

ヘクトルが殺され、トロイラスが裏切られるため悲劇的といえなくもないが、強烈な皮肉が効《き》いた筆致のため、問題劇として分類するよりほかない。なお、恋物語については チョーサーの『トロイラスとクリセイダ』が主な種本《たねほん》となっている。

名台詞

男は手に入れたら命令者、口説くときは嘆願者

Achievement is command; ungain'd, beseech.

――トロイラスをじらし続けるクレシダの台詞。

（第一幕第二場）

これはクレシダであって、クレシダではない。

This is, and is not, Cressid.

――トロイラスは、別の男といちゃついているクレシダを見て、自分の知るクレシダではないとオクシモロン（撞着語法《どうちゃくごほう》）を用いて叫ぶ。

（第五幕第二場）

終わりよければすべてよし　*All's Well That Ends Well*

――推定執筆年一六〇二～五年、初版一六二三年

南フランスのロシリオン伯爵家に仕えていた名医の娘**ヘレナ**は、御曹子《おんぞうし》である若き伯爵**バートラム**に恋している。だが、バートラムはヘレナのことを使用人としか思っていない。ヘレナは、身分違いの恋とは知りながら、**フランス王**の難病を治すことができれば望みが叶《かな》うかもしれないと思う。ヘレナを娘のように育ててきた**伯爵夫人**は、その気持ちを知り、成功を祈りつつ、ヘレナをパリへ送り出す。

パリの宮殿にやってきたヘレナは、これまでどんな名医も匙《さじ》を投げてきた王の病を治すと自信をもって断言し、できなければ拷問にかけられて死んでもいいというので、治療を許される。果たして治療は成功し、ヘレナは褒美《ほうび》として夫を自由に選ぶ特権を与えられ、バートラムを夫に選ぶ。バートラムは「貧乏医者の娘を妻になどできない」と言うが、王に叱られて、いやいやながら結婚する。腹の虫の収まらないバートラムは妻を拒み、初夜も過ごさずに、イタリアの戦場フィレンツェへ出立《しゅったつ》し、妻

には「わが指輪を手に入れ、わが子を宿す時がくれば妻として認めてやるが、そんな時は決して来ない」と書き送る。ヘレナは大切な人が危険な戦地へ行ってしまったのは自分のせいなのだと悔《く》やみ、自分さえいなければ帰ってきてくれるのではないかと考えて、「身のほどを知らぬ恋に溺《おぼ》れた罪は大きい」と書き残して、密《ひそ》かに聖ジェイクィズへの巡礼の旅に出る。

ヘレナは、途中通りがかったフィレンツェで、夫のバートラムが**ダイアナ**という娘に求愛しているのを知り、ダイアナとその**母親**に自分の正体を明かし、協力を乞《こ》う。

ヘレナの頼みを聞き入れたダイアナは、バートラムを受け入れるふりをして、ある夜に彼が寝室にしのんでくることを許す。ダイアナは操《みさお》を与える代わりに彼の指輪を求める。指輪はロシリオン家先祖伝来のものであったのでバートラムはしぶるが、ダイアナから「私の操もそのように大切なものだ」と言われて、ついに指輪をダイアナに与える。だが、その夜バートラムがダイアナだと思って抱いたのは、夜の闇のなかでダイアナと入れ替わったヘレナだった。夫の指輪を手に入れたヘレナは、ベッド・トリックによって夫の子種《こだね》も手に入れたのである。そしてその夜、ヘレナは夫に自分の指輪を代わりに与えていた。

一方、バートラムに同行して出陣した舌先三寸の伊達男《だて》**パローレス**の軽薄さは老貴族**ラフュー**の見抜くところであったが、戦場でパローレスは味方の罠《わな》にかかって化《ば》けの皮がはがされる。すなわち、敵のふりをしてパローレスを突然捕まえ、目隠しをして脅《おど》したところ、命惜しさに、機密をもらした上、味方の悪口を並べ立てたのだ。それまでパローレスを信用していたバートラムは、パローレスが目の前で自分の悪口を言うのを聞いて、自分に人を見る目がなかったことにようやく気がつく。

やがて、国王のもとにヘレナの訃報《ふほう》が届き、帰国したバートラムに新たな縁談話がもちあがる。しかし王は、バートラムがはめている指輪は王がかつてヘレナへ与えた指輪であることに気づき、バートラムがヘレナを殺したのではないかと疑って逮捕する。そこへ、ダイアナ母娘が現われ、バートラムがダイアナを騙《だま》して処女を奪ったと訴える。バートラムはダイアナを娼婦《しょうふ》呼ばわりして白《しら》を切ろうとするが、ダイアナはバートラムからもらったロシリオン家の指輪を証拠として提出する。

ところが、ダイアナもまた、彼は罪を犯して罪を犯さなかったなどと矛盾したことを言い始めるので、王は怪訝《けげん》に思う。すると最後に、バートラムの子を腹に宿したヘレナが登場し、すべてのいきさつを説明する。バートラムはすっかり後悔して赦《ゆる》しを乞い、ヘレナを妻として愛することを誓う。

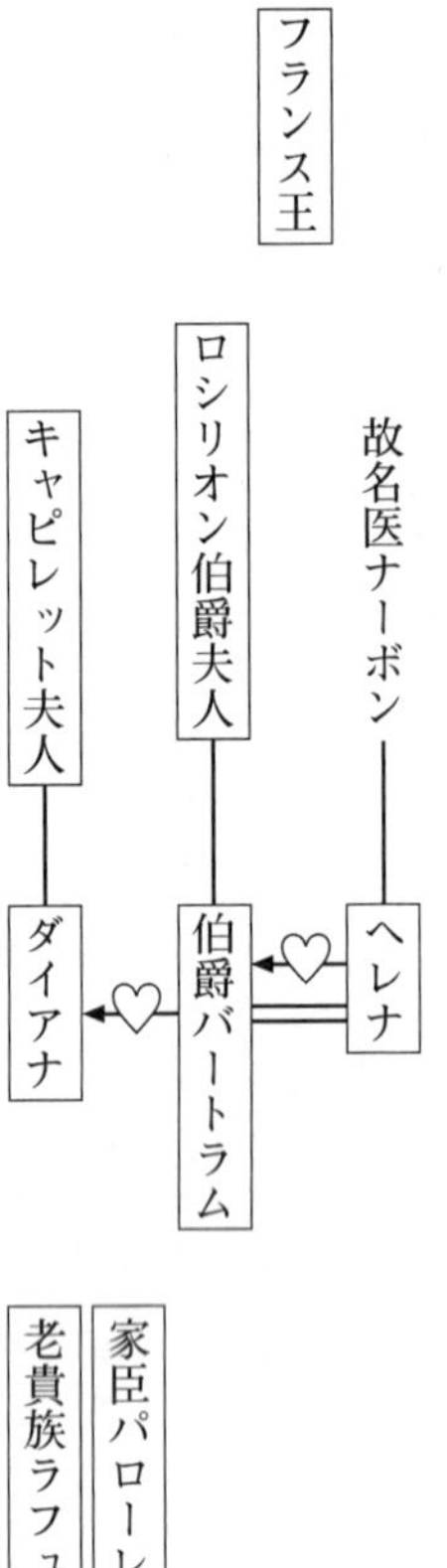

作品の背景

原話は、ボッカチオの『デカメロン』第三日第九話。シェイクスピアは、ウィリアム・ペインターによる英訳『快楽の宮殿』（一五六六）に収められた物語「ナボーナのジレッタ」を用いたと思われる。

ここがポイント

嫌がる男とむりやり結婚して、ストーカーのようにつきまとい、ベッド・トリックという卑劣な策略で夫を騙してついに夫の首根っこをつかまえた女の物語と読むべきではあるまい。離婚が許されないカトリックの考えに基づく芝居と考えるべきであろう。いったん結婚したら、たとえ夫がどうしようもない男でも、妻として夫を愛さなければならないという設定は、ちょうど同じ頃に書かれた『ロンドンの放蕩児《ほうとうじ》』にもある（一六〇五年の初版本の表紙に「ウィリアム・シェイクスピア作」と記載がある所謂《いわゆる》「シェイクスピア外典《がいてん》」の一つ）。

ヘレナは結婚した以上、夫と契りを結ぶよりほかないのである。もちろん、バートラムはダイアナをも騙す卑劣な男であるため、そんな男に妻と認められたことで、果たして本当に「終わりよし」となるのかという疑問もある。

どうしようもない男と結婚した妻はどうすべきかという課題は、『ロンドンの放蕩児』のほか、『忍耐のグリセル』（一六〇〇）、『よい妻と悪い妻の見分け方』（一六〇二）、『貞淑《ていしゆく》な娼婦』（一六〇五）など、この時期の作品に多く見られる。

名台詞

救いの道は、たいてい自分のなかにあるもの。
それなのに人は神頼みしたりする。
（第一幕第一場）

Our remedies oft in ourselves do lie,
Which we ascribe to heaven.

――バートラムへの恋を諦《あきら》めきれず、自分で運を切り拓《ひら》こうとするヘレナの台詞。

終わりよければ、すべてよし。結末こそがすべてです。
途中の道がどうであれ、最後が花を添えるのです。
（第四幕第四場）

All's well that ends well; still the fine's the crown.
Whate'er the course, the end is the renown.

――ダイアナの代わりに夫に抱かれたヘレナは、ダイアナにこう告げて、最後まで協力を求める。脚韻《きやくいん》を踏む二行連句。

終わりよければ、すべてよしです。
たとえ今まずい事態になっていて、手段がよくなく思えても。

All's well that ends well yet,
Though time seem so adverse and means unfit.

（第五幕第一場）

――ヘレナは夫から与えられた難題を解決するために、八方手を尽くす。途中で事がうまく運ばなくなっても、再びこう言って、諦めない。

ご覧になっているのは、妻の影にすぎません。
名前ばかりで、実体はございません。

'Tis but the shadow of a wife you see;
The name and not the thing.

（第五幕第三場）

――死んだはずのヘレナが、夫の子を腹に宿し、指輪も手に入れて登場し、夫から妻と認められなければ妻というのも名前ばかりだと語る。恥じ入ったバートラムは、名前も実体もあると答える。

尺には尺を　*Measure for Measure*

――推定執筆年一六〇三～四年
初版一六二三年

ウィーン公爵**ヴィンセンシオ**は、部下の**アンジェロ**に治世を任せ、自らは修道士に身をやつしてその政治ぶりを見守る。厳格なアンジェロは一四年間眠っていた法を用いて厳しい統治を行ない、このため婚約者**ジュリエット**を妊娠させた**クローディオ**は姦淫《かんいん》の罪を犯したとして死刑囚となる。修道女見習いだった妹の**イザベラ**が、兄クローディオの助命嘆願に向かうが、彼女に情欲を感じたアンジェロは、兄を助ける代償としてその身体を求める。イザベラは貞操を失うより兄の死を願い、兄は苦しむ。

修道士に扮《ふん》した公爵は、クローディオに死を受け容《い》れるよう説く一方、アンジェロの元婚約者**マリアーナ**をイザベラの身代りとするベッド・トリックによってアンジェロを騙《だま》す。だが、肉欲を満たしたアンジェロは、約束を違《たが》えてクローディオの処刑命令を出したため、公爵は獄死した海賊の首を急遽《きゅうきょ》クローディオの首として差し出し、イザベラにも兄の死を告げる。ヴィンセンシオが公爵として宮廷に帰ってくると、イザベラとマリアーナが訴え出るが、アンジェロは権力を笠に白《しら》を切ろうとするので、公爵は自分がすべてを見ていたことを明かし、アンジェロに姦淫罪で死刑を宣告する。マリアーナが妻としてアンジェロの命乞《ご》いをすると、イザベラも、兄を殺した敵であるアンジェロの命乞いをする。そこで公爵はすべてを赦《ゆる》し、クローディオを登場させ、アンジェロをマリアーナと結婚させ、悪口雑言《あっこうぞうごん》の放蕩者《ほうとうしゃ》**ルーシオ**を彼が淫《いん》売《ばい》と呼ぶ女と結婚させることによって懲《こ》らしめ、自身はイザベラに求婚する。

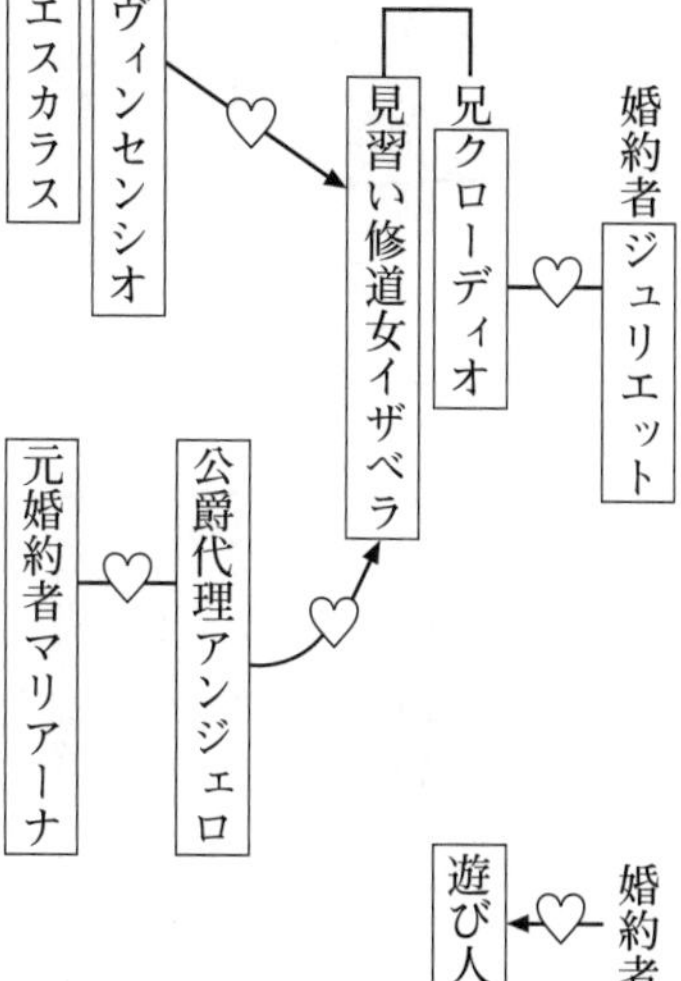

作品の背景とポイント

最後に突然公爵がイザベラに求愛するが、修道女であるイザベラに一方的に結婚を求める公爵の態度は、一方的に肉体を求めたアンジェロの横暴さに通じるものがないか。イザベラが無言で答えないまま劇が終わるのも最大の問題。また、死よりも名誉を重んじる古代ローマ的価値観を振りかざしてイザベラが兄に死んでくれと要求するのも問題である。原話は、チンツィオの『百物語』(一五六五)を劇化したジョージ・ウェットストーンの『プロモスとカサンドラ』(一五七八)。

名台詞

目には目を、歯には歯を、そして尺には尺をだ。

(第五幕第一場)

Like doth quit like, and Measure for Measure.

――アンジェロはクローディオを死に追いやったのだから、その咎《とが》で自分も死ななければならないと公爵は言う。「尺には尺を」とは、「人は己《おのれ》が測った物差しで自らも測られる」というヘブライ語の表現。

アテネのタイモン *Timon of Athens*

——推定執筆年一六〇五～八年
初版一六二三年

アテネの金持ちの貴族**タイモン**は、金に糸目をつけず人々を歓待して宴を張り、困《こん》窮《きゅう》を訴える者には気前よく金を与えるため、邸宅には追従者《ついしょうしゃ》たちが常に出入りしている。詩人が詩を献じれば礼を与え、画家が絵を贈れば報酬を与え、際限《さいげん》なく金をばらまくので、借金ばかり膨《ふく》れ上がり、忠実な執事**フレイヴィアス**は困り果て、口の悪い哲学者**アペマンタス**は皮肉を言う。

ついに広大な領地もすべて抵当となって膨大《ぼうだい》な借金を抱え込み、タイモンはようやく自分の経済状態に気がつくが、自分には友人という財産があるから、友人の心を試すことができて幸せだと言う。しかし、これまでタイモンに世話になってきた者すら、あれこれ言いわけをして金を融通《ゆうづう》しようとしない。本当の友が一人もいないと知ると、タイモンは愕然《がくぜん》とし、湯と石の料理で〝友だち〟をもてなし、呪いの言葉を浴びせる。その後、タイモンは、人を呪い、世を呪い、森の洞窟に住む。森で金を見つけると再び蠅《はえ》どもが群がるが、タイモンは金を与えて彼らを追い払う。

以前からタイモンの味方であったアテネの軍人**アルキビアデス**（英名アルシバイアディーズ）は、ある友人の死刑判決を覆《くつがえ》してほしいとアテネの元老院《げんろういん》に訴えていたが聞き容《い》れられず、自分自身の戦功に免じて救ってほしいと訴えると、逆に態度が傲慢《ごうまん》だとしてアテネから追放されてしまう。アルキビアデスは、忘恩《ぼうおん》のアテネに対して挙兵して復讐しようとし、それを応援するタイモンは彼に金を贈る。

一方、アルキビアデスのアテネ攻撃を阻止するため、元老院議員らはタイモンにアテネに戻るように説得するが、タイモンは聞く耳を持たない。

結局、アルキビアデスは平和裡《り》にアテネを征服し、忘恩に対する自分とタイモンの恨みを晴らす。最後にタイモンの訃報が届き、アルキビアデスはその死を悼《いた》む。

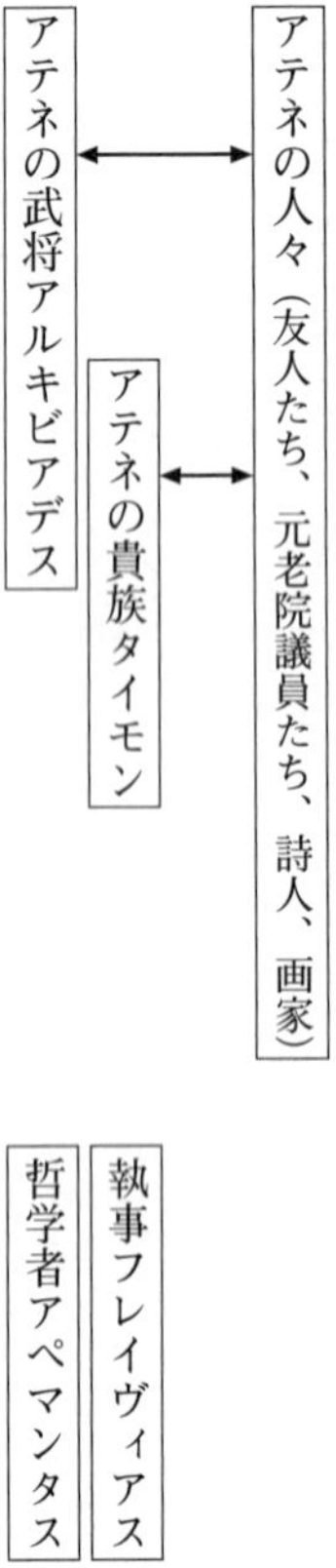

作品の背景とポイント

シェイクスピア作品のなかで最も不備がある作品。筋の通らぬ部分が多く、エリス＝ファーマーは未完の戯曲と断じた。アルキビアデスが弁護している人物は誰だかわからないし、アルキビアデスとタイモンとの関係もはっきり描かれていないが、不思議な結託《けったく》があるようだ。タイモンが死んだあとに書かれた墓碑銘に「その名を尋《たず》ねることなかれ」と「われタイモン、ここに眠る」と矛盾することが書かれており、どちらかを消すつもりだったのだろう。この戯曲がこのまま上演されたとは思えない。

この作品は一六二三年の最初のシェイクスピア全集（ファースト・フォーリオ）の『トロイラスとクレシダ』を印刷されるために空《あ》けてあった個所に挿入《そうにゅう》されている（『トロイラスとクレシダ』はページ番号なしで、別の部分に挿入されている）ので、当初全集に入れる予定ではなかったのではないかといわれている。スタンリー・ウェルズとゲイリー・テイラーはオックスフォード版全集一巻本に附した解説書で、本作がシェイクスピアとミドルトンの共作だとした。また、この作品は実験作だとする立場もあり、多くの点で学者の意見が一致しないのも問題である。

プルタルコスの『対比列伝《たいひれつでん》』の「アントニウス伝」でも語られる紀元前五世紀末に実在したタイモンの話。『対比列伝』では、アルキビアデスは、やはり自国に追放されて自国に攻め入った武将コリオレイナスと対比されている。二世紀のギリシャの風刺作家ルキアノスの『タイモン、または人間嫌い』や、作者不明のエリザベス朝喜劇『タイモン』(一六〇二年頃)などからも影響を受けたと思われる。

名台詞

タイモンは森に行く。森なら、
どんなに非情な獣でも、人間よりは優しく思えよう。

Timon will to the woods, where he shall find
Th' unkindest beast more kinder than mankind.

(第四幕第一場)

――すっかり人間不信に陥《おちい》ったタイモンの台詞。この直後、全アテネ人に破滅をと祈るが、その思いをアルキビアデスが代行する。人間全般への激しい憎悪は『トロイラスとクレシダ』に通じるものがある。

ロマンス劇

ロマンス劇とは、ロマンティックな劇という意味でもなければ、恋愛ものの劇という意味でもない。この場合の「ロマンス」とは「現実離れした空想物語」という意味で、もともとはロマンス文学、すなわちロマンス語（中世以降、世俗ラテン語から派生したイタリア語、フランス語、スペイン語など）で書かれた中世の荒唐無稽《こうとうむけい》な物語を指す語だった。

ギリシャ・ローマ神話の神々のお告《つ》げがあったり、魔法など人知を超えた幻想的な力が働いていたり、長い歳月に及ぶ波乱に満ちた人生が語られたりする。

「ロマンス劇」（the romances）という呼称は、エドワード・ダウデンが一八七五年に用いたのが嚆矢《こうし》。具体的には『ペリクリーズ』、『シンベリン』、『冬物語』、『テンペスト』、『二人の貴公子』の五作で、晩年期に連続して書かれている。シェイクスピアがこうした奇想天外な物語劇を書いたのは、リアリスティックで緻密《ちみつ》な劇ばかりもてはやされるようになった新しい時代への反動ではないかと思われる。心の問題を描くには、リアルな筋に拘泥《こうでい》してはいけないと、ロマンス劇によって対抗したのであろう。「ロマンス劇」というジャンルは、シェイクスピアだけのものである。

ペリクリーズ *Pericles*

――推定執筆年一六〇七～八年、初版一六〇九年

詩人**ジョン・ガワー**が案内役。ティルス（英語発音タイア）の領主**ペリクリーズ**は、アンタキア王**アイタイオカス**（アンティオコス）の王女に求婚するが、王と王女が近親相姦の関係にあるという秘密を知って、命を狙われる。アンタイオカスが攻めて来るのを避けるため、ペリクリーズは老臣**ヘリケイナス**に祖国を任せて冒険に出る。

ペリクリーズは、飢饉《ききん》に苦しんでいたタルスス（ターサス）へ大量の穀物を運んで感謝され、その地に滞在するが、刺客が追ってきたため、海に逃れる。しかし、船が難破し、ペンタポリスの浜辺に打ち上げられたペリクリーズにとって、偶然打ち上げられた父の形見の甲冑《かっちゅう》だけが唯一の財産となる。その甲冑をまとって馬上槍試合《ばじょうそうじあい》に出場したペリクリーズは、見事優勝して、ペンタポリスの王女**タイーサ**（またはサイーサ）の愛を勝ち得る。王**サイモニディーズ**（シモニデス）は二人を結びつける。

その後、アンタイオカスとその娘が頓死《とんし》したと知らされたペリクリーズは、身重の妻を伴《ともな》い、祖国へ向かうが、嵐が荒れ狂う船上で妻は出産し、産褥《さんじょく》で死ぬ。激しく

嘆くペリクリーズは、妻の遺体を棺に入れて海へ投じる。海で生まれたことから**マリーナ**と名付けられた娘は、タルススの総督**クレオン**に預けられるが、美徳と美貌を兼ね備《そな》えた娘に育ったため、クレオンの妻**ダイオナイザ**が自分の娘の影が薄くなると嫉妬《しっと》して、マリーナの命を狙う。殺されかかったマリーナは海賊に誘拐され、売春宿へ売り飛ばされる。ところが、マリーナは店にやってきた客に説教をするので、客は皆放蕩《ほうとう》をやめて信心深くなってしまう。客としてやってきたミティレネの総督**ライシマカス**（リュシマコス）も心を清められる。怒った**売春宿の女将**は、女衒《ぜげん》の召使《めしつか》い**ボールト**に強姦させようとするが、マリーナは、歌、機織《はたお》り、裁縫、踊りなどの教養を娘さんたちに教えて金を稼げるから助けてくれと懇願《こんがん》し、助けられる。

ペリクリーズは娘が死んだと聞かされて悲嘆に暮れていたが、ライシマカスがマリーナなら王を慰《なぐさ》められるだろうと思い、マリーナを連れてくる。果たして王はそれが自分の娘であることを発見して、大いに喜ぶ。また、亡くなったはずの妻も、エフェソスに漂流した棺のなかから**セラモン卿**の医術により蘇生して女神ダイアナの巫女《みこ》となっていた。ダイアナのお告げにより一家再会が果たされ、歓喜に咽《むせ》ぶ。

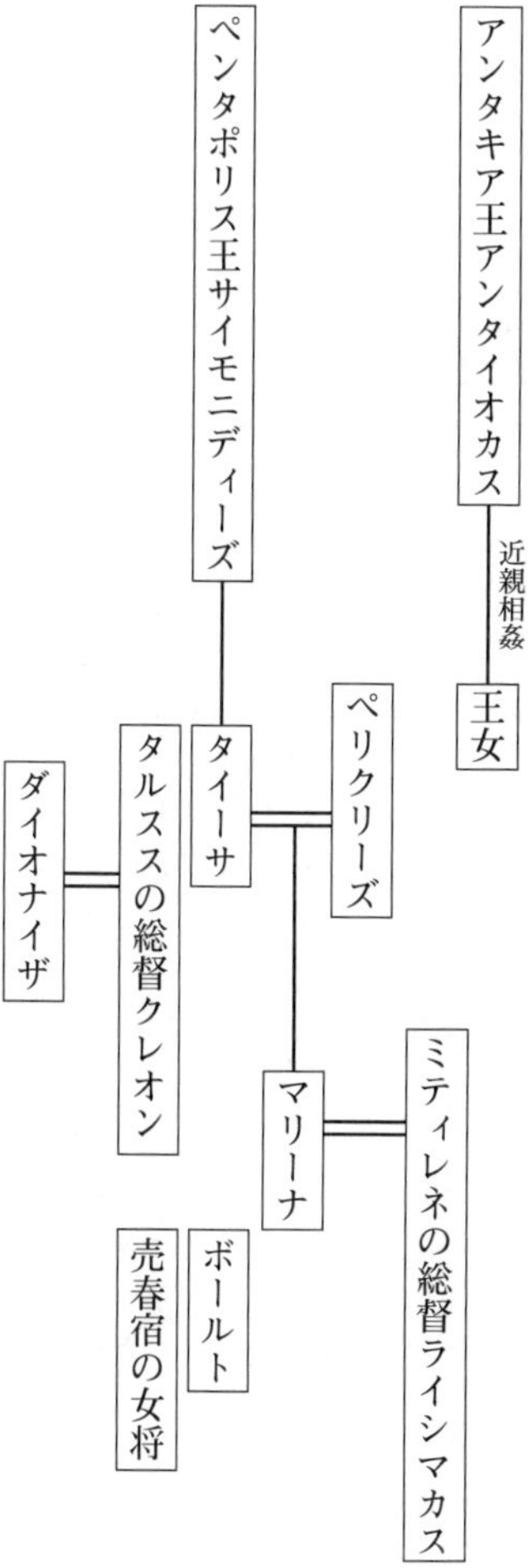

作品の背景とポイント

初演当時大人気を博した作品。シェイクスピアとジョージ・ウィルキンズの共作といわれており、シェイクスピアの最初の全集（一六二三）には収められなかった。原作は、中世の詩人ジョン・ガワー著『恋する男の告解《こっかい》』に収められた古代ギリシャの物語「タイアのアポロニアス」。一六〇八年に出版されたジョージ・ウィルキンズの物語『ペリクレスの困難な冒険』には、最近上演された劇の物語と銘《めい》打《う》ってある。

名台詞

もしあなたが名誉ある家柄の生まれなら、今それをお示しください。もし名誉ある地位を与えられたのなら、あなたがそれにふさわしいと考えた人たちの判断を裏切らないでください。（第四幕第六場）

If you were born to honour, show it now;
If put upon you, make the judgement good
That thought you worthy of it.

――女を買いに売春宿にやってきたミティレネの総督リュシマコス（ライシマカス）は、そこでマリーナにこう言われて心を改める。

ロマンス劇全般に通じる要素として「名誉」というテーマがある。経済的に恵まれた暮らしができても、それだけで幸せにはなれず、人間として立派な生き方をするためには「名誉」という概念が不可欠だと、晩年のシェイクスピアは考えていた節《ふし》がある。すでに古い時代の価値観をあえてシェイクスピアは強調しているのである。

シンベリン *Cymbeline*

——推定執筆年一六〇八～一〇年、初版一六二三年

ブリテン王**シンベリン**の娘**イノジェン**は、密《ひそ》かに紳士**ポステュマス・リーオネータス**と結婚した。王妃の連れ子**クロートン**に娘を嫁《とつ》がせようと考えていた王は怒り、ポステュマスを追放する。ローマに渡ったポステュマスがあまりに妻の美徳を自慢したため、伊達《だて》男**ヤーキモー**が「君の奥さんを口説《くど》き落としてみせる」と賭《か》けをもちかける。ヤーキモーはポステュマスの手紙を携《たずさ》えてブリテンへ旅し、イノジェンに迎え入れられるが、その貞操《ていそう》の固さに攻めあぐね、ついに夜、寝室に忍び込んで、寝ているイノジェンから腕輪を抜きとり、胸元にほくろがあるのを発見する。ローマに帰ったヤーキモーは、イノジェンと情を交わしたと嘘を言う。腕輪を見せられ、胸元のほくろの話までされたポステュマスは絶望して、従者**ピザーニオ**に妻を殺せと命じる。

ピザーニオはイノジェンに事情を打ち明け、男装して旅に出るよう勧《すす》める。フィディーリと名乗ったイノジェンは、ウェールズの田舎で二人の若者と兄弟のように親しくなる。この若者とは、追放された家臣**ベレーリアス**によって宮廷から連れ出されて

いた王子**グウィディーリアス**（23歳）と**アーヴィラガス**（22歳）であった。二人は自らの出生を知らぬまま、ベレーリアスを父と信じていた。イノジェンは実の兄であることを知らずに二人を兄さんと呼ぶことになる。やがて、悪い妃《きさき》から渡されていた薬を飲んだイノジェンは仮死状態となり、王子たちは彼女が死んだものと誤解する。

イノジェンを手ごめにしようとポステュマスの服を着てやってきた愚かなクロートンはグウィディーリアスと争い、あっさり殺され、首を切り落とされる。薬が切れて息を吹き返したイノジェンは、夫の服を着たその首無し死体を夫の死体と誤解する。

一方、女すべてを呪って自暴自棄《じぼうじき》となっていたポステュマスは、ブリテン軍に参加し、ローマ軍と戦う。王子らも育ての父とともに活躍し、ブリテン軍は勝利する。ところが死を願うポステュマスは、ローマ人と偽《いつわ》って、捕らえられる。その夢にジュピターが現われ、彼の輝かしい未来を予言する。最後に、王の前ですべてのいきさつが明らかにされ、悪事を図った妃の訃報《ふほう》が伝えられ、ヤーキモーは罪を告白し、ローマ軍の大将**カイウス・ルキウス**（ルーシャス）に小姓姿で従っていたイノジェンもその正体を明かし、ベレーリアスも自分と王子の正体を明かし、大団円《だいだんえん》となる。

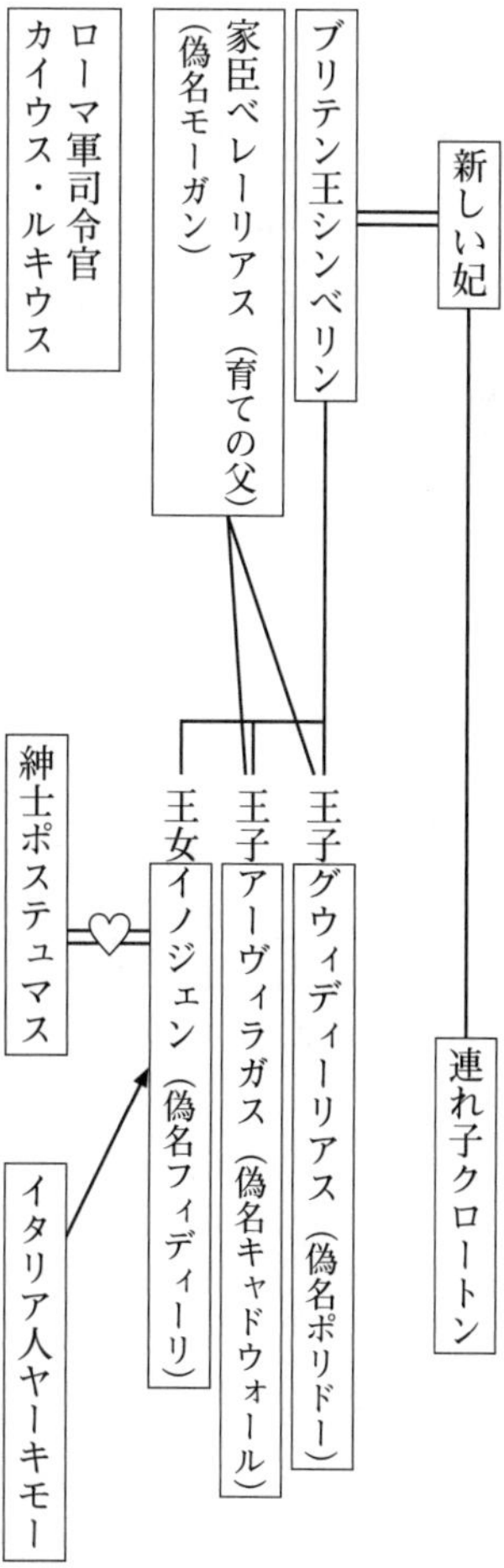

作品の背景とポイント

詩人アルフレッド・テニソンが愛し、キーツやハズリットが好きだった作品。ホリンシェッドの『年代記』やボッカチオの『デカメロン』第二日第九話などから題材を採《と》っている。シンベリンとは、キリスト生誕の頃に英国を統治したとされる伝説的な王。なお、オックスフォード版全集やノートン版全集によれば、これまでImogenとされてきた王女の名前は正しくはInnogenであり、Imogenは印刷時のミス。

名台詞

もう恐れるな、熱い日差《ひざ》しも、
荒れ狂う冬の寒さも。

Fear no more the heat o' th' sun,
Nor the furious winter's rages.

（第四幕第二場）

——男装してフィディーリと名乗ったイノジェンを弟のように愛した二人の王子は、「彼」が死んだと思い込んで深く悲しみ、手厚く葬《ほうむ》り、鎮魂歌を歌う。その冒頭の二行である。ヴァージニア・ウルフが小説『ダロウェイ夫人』で用いている。

すべてを赦《ゆる》そう。

Pardon's the word to all.

（第五幕第五場）

——「赦し」はロマンス劇の重要なテーマの一つ。ここではシンベリン王が大団円をまとめる形で、このように言う。

冬物語 *The Winter's Tale*

——推定執筆年一六一〇〜一一年
初版一六二三年

シシリア王**リオンティーズ**は親友のボヘミア王**ポリクシニーズ**を歓待するうちに突然の嫉妬《しっと》に駆《か》られ、妃《きさき》**ハーマイオニ**とポリクシニーズの密通《みっつう》を疑う。臣下の**カミロー**にポリクシニーズ暗殺を命じるが、カミローはポリクシニーズとともにボヘミアへ逃げる。このため王は疑念を確信へ変え、妊娠中の妃を投獄、生まれた赤ん坊**パーディタ**を家臣**アンティゴナス**に捨てさせる。命令に従ってボヘミアに赤ん坊を捨てたアンティゴナスは熊に襲われて死ぬ。王が、妃は無実であるというアポロンの神託《しんたく》さえ否定して疑いに固執《こしつ》すると、幼い王子**マミリアス**は死に、続いて妃の訃報が入る。王は後悔し、アンティゴナスの妻**ポーリーナ**の非難に耐え、悲しみのうちに暮らす。

それから一六年後、ボヘミアで羊飼いの娘として育ったパーディタ（16歳）は、毛刈り祭の女王として客人を歓迎して挨拶《あいさつ》する。義理の兄となった愚かな羊飼いは、盗人**オートリカス**のよいカモとなっていた。劇の後半は、このオートリカスのおかげで陽気な展開となる。ボヘミア王子**フロリゼル**はパーディタに求婚するが、祭の客人となっていた王ポリクシニーズが変装を解《と》いて正体を現わし、身分違いの結婚を禁止する。カミローは二人をシシリアへ逃がし、自らも王とともにシシリアへ渡る。やはりシシリアへやって来た羊飼いの差し出す証拠の品によってパーディタがリオンティーズの娘とわかり、二人の王は再会を喜び、王子と王女は晴れて結ばれる。

　こののち、一同はポーリーナの案内で、亡き王妃ハーマイオニの彫像を見に行くが、ポーリーナはこの彫像を動かしてみせると言う。一同が見守るなか、妃は蘇《よみがえ》り、リオンティーズは涙する。妃はポーリーナの庇護《ひご》のもとで生きていたのである。

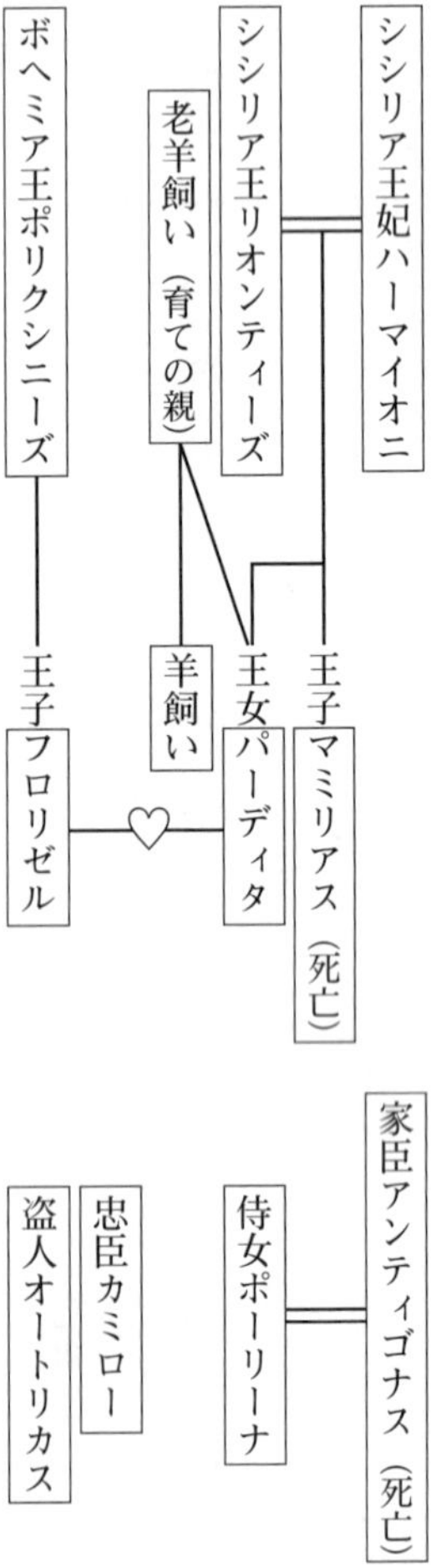

作品の背景とポイント

長い年月をかけた赦《ゆる》しと再生の物語。前半は暗く終わるが、後半は、陽気な泥棒・物売りのオートリカスが活躍し、大いに盛り上げて楽しい劇となる。死者の再生はロマンス劇の一つのモチーフだが、この劇がそれを最も効果的に感動の場面としている。原作は、ロバート・グリーンの散文物語『パンドスト』（原作ではリオンティーズは罪を恥じて自害する）。

名台詞

まずは、信じる心をもって頂《いただ》かなければなりません。

（第五幕第三場）

It is requir'd
You do awake your faith.

——侍女ポーリーナは、王妃の像を動かしてみせると言い出し、そのためには信じる心を持てと言う。像は動き、ハーマイオニは生き返る。

テンペスト　*The Tempest*

――推定執筆年一六一〇～一一年、初版一六二三年

ナポリ王アロンゾーの一行が乗った船が嵐で沈む場面から始まる。孤島からその様子を見て心配した娘**ミランダ**（14歳）は、父**プロスペロー**から、「あの嵐は自分が魔術で起こしたものであり、皆無事だから安心しろ」と言われ、これまでの事情を説明される。すなわち、プロスペローは元ミラノ大公《たいこう》であったが、学問に没頭しているうちに、弟**アントーニオ**に公爵位を奪われてしまった。弟は、それまで敵対していたナポリ王に臣下の礼をとり、兄と娘を島流しにして、自らが公爵となったのだ。

忠実な老顧問官**ゴンザーロー**のおかげで生活必需品と書物を得たプロスペローは、一二年間この島で暮らしてきたが、今、自分を陥《おとしい》れた弟とナポリ王の一行が船で通りがかったので、魔術によってその復讐を図《はか》るのだと言う。そこへ空気の妖精**エアリエル**が現われ、すべて命令どおりに行なったと報告する。妖精は、この島に昔いた魔女シコラクスの呪いで松の木に一二年間閉じこめられていたところを、プロスペローに助け出されて奉公してきたのだが、それもあと二日勤めたら自由にしてもらえるこ

とになっている。

ナポリ王の一行とはぐれて岸辺にいたナポリ王子**ファーディナンド**は、エアリエルの音楽に導かれてミランダと出会い、二人は恋に落ちる。それはプロスペローの計画どおりだったが、プロスペローは王子を囚人とし、労働を課《か》して、愛の試練とする。

一方、ナポリ王アロンゾーたちは別の場所に上陸してさまよっていた。王の弟**セバスチャン**は、アントーニオと謀《はか》って、眠っている王とゴンザーローを殺害して王位を奪おうとするが、エアリエルが王たちを起こして、事なきを得る。

また別の場所では、魔女シコラクスの息子である化《ば》け物**キャリバン**が、プロスペローに服従させられて薪《たきぎ》を運んでいた。この男は、プロスペローから言葉などを教えてもらったにもかかわらずミランダを襲おうとしたために、過酷な労働を課せられており、その支配から逃れたがっていた。キャリバンは、ナポリ王の道化《どうけ》**トリンキュロー**や賄《まかな》い方**ステファノー**がやってくると、酒をもらって「天上の飲み物だ」と感動し、二人を新しい主人とするからプロスペローをやっつけてくれと頼む。ステファノーは、キャリバンを家来とし、プロスペローを倒して島の支配者になろうと考える。

行方不明の王子ファーディナンドを捜《さが》して島をさまよう王たちの前に、厳《おごそ》かな音楽とともに豪勢な食事が並ぶ。食べようとすると雷鳴が響いて食事は消え、エアリエルが怪鳥ハーピーの姿で現われて、プロスペローとその娘に対して犯した罪を悔《く》いよと命じる。これを聞いて王もアントーニオも狂乱の態《てい》となる。

プロスペローは、試練に耐えたファーディナンドに娘を与えることを約束し、二人の結婚祝いとして美しい仮面劇を精霊《せいれい》らに演じさせる。その途中でキャリバンらが自分の命を狙っている計画のことを思い出したプロスペローは、仮面劇を中断させ、エアリエルに命じて安ぴかの衣装を木にかけさせる。それを見たステファノーたちは、暗殺計画などそっちのけで奪い合うようにして衣装を身につける。プロスペローはそこへ犬に化けた妖精らをけしかけて、ステファノーたちを懲《こ》らしめる。

森に閉じこめられた王の一行の様子をエアリエルから伝え聞いたプロスペローは、その罪を赦《ゆる》してやることにして、かつてのミラノ大公の姿で皆の前に現われ、その正体を明かし、弟アントーニオの罪さえも赦すと言う。公爵位を回復したプロスペローは、死んだと思われていたファーディナンドがミランダと一緒に舞台奥でチェスをしている様子を一同に見せる。王は息子が生きていたことを喜び、二人の婚約を祝福する。エアリエルに導かれて登場した船長と水夫長は、船が奇跡的に元どおりになっており、船員も全員無事であることを告《つ》げる。エアリエルはついに解放されて自由の身となり、プロスペローは、独《ひと》り舞台に残ってエピローグを語り、自分の魔法の力が消えたことを告げ、拍手によってナポリへ帰してくださいと観客に語りかける。

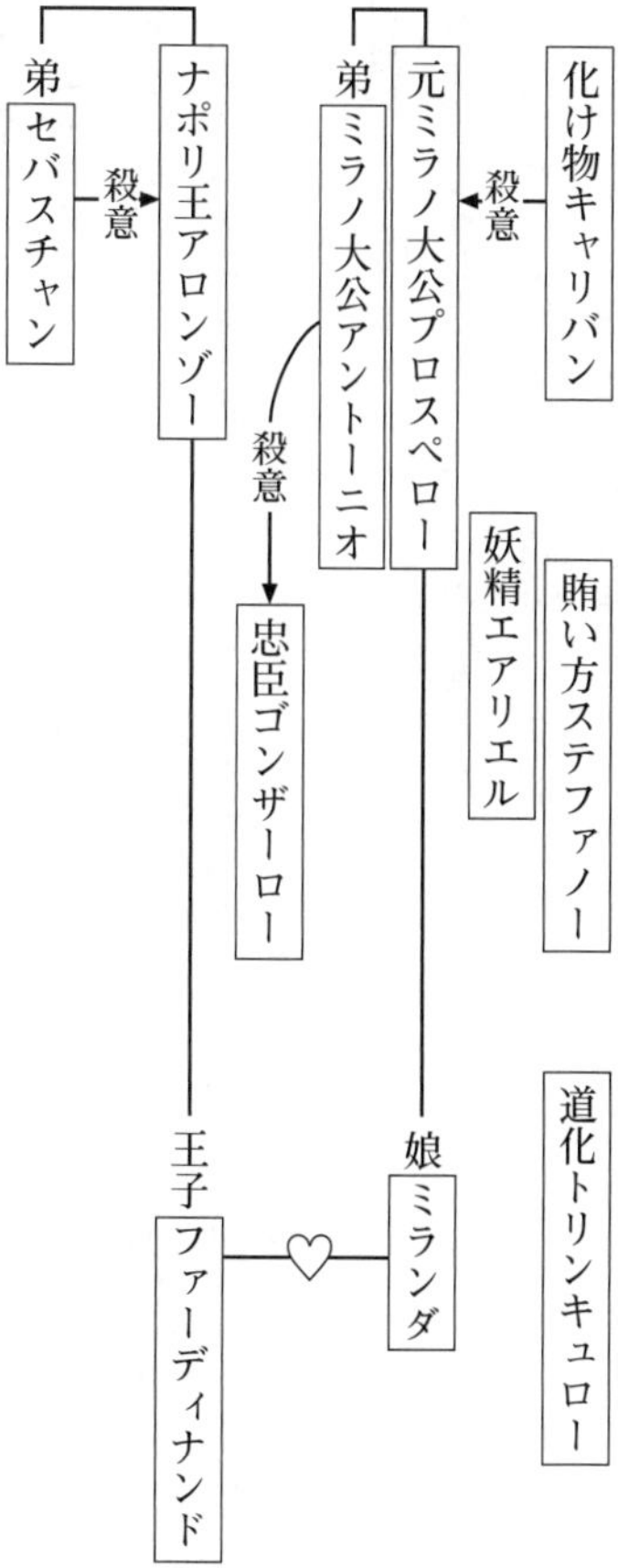

作品の背景とポイント

シェイクスピア単独執筆としては最後の作品。原作はないが、同時代のニュールンベルクの劇作家ヤーコプ・アイラーの『美しきジデア姫』に類似が多い。また、一六〇九年にバミューダ諸島で遭難した人たちの奇談を参照した可能性も指摘される。

名台詞

余興《よきょう》はもうおしまいだ。今の役者たちは、
前に言ったように、みな精霊だ。（中略）
そう、この大地にあるものはすべて、消え去るのだ。
そして、今の実体のない見世物《みせもの》が消えたように、
あとには雲ひとつ残らない。私たちは、夢を織り成す
糸のようなものだ。そのささやかな人生は、
眠りによって締《し》めくくられる。

（第四幕第一場）

Our revels now are ended. These our actors,

As I foretold you, were all spirits, and …
Yea, all which it inherit, shall dissolve,
And, like this insubstantial pageant faded,
Leave not a rack behind. We are such stuff
As dreams are made on; and our little life
Is rounded with a sleep.

——プロスペローは、娘ミランダとナポリ王子ファーディナンドに妖精たちによる劇を見せて、この台詞を言う。人はいずれ死に、すべては消え去るという儚《はかな》さは『ハムレット』で強くかみしめられた思いだが、そうした諦念《ていかん》に基づいてシェイクスピアの人生観は、ある。

（第五幕第一場）

だが、この荒々しい魔法の力を
私は今日限り捨てよう。

But this rough magic

I here abjure.

——すべてを成し遂《と》げたプロスペローの台詞。シェイクスピアの絶筆宣言と解釈されることもある。

まあ、不思議！
ここにはなんて多くのすてきな人たちがいることでしょう！
人間ってなんて美しいのでしょう！　ああ、すばらしき新世界、
こんなに人がいるなんて。　（第五幕第一場）

O, wonder!
How many goodly creatures are there here!
How beauteous mankind is! O brave new world,
That has such people in't!

——生まれて初めて多くの人間を見たミランダの言葉。『すばらしき新世界』はアルダス・ハクスレーの小説（一九三二）の題名でもある。

二人の貴公子　*The Two Noble Kinsmen*

——推定執筆年一六一二〜一三年
初版一六三四年

アテネ公爵**テーセウス**（『夏の夜の夢』の登場人物と同一）は、アマゾン女王の**ヒポリュテ**を妃《きさき》として婚礼の式を挙げた。そこへ、テーベ王**クレオン**に夫を殺された**三人の妃**がクレオン成敗《せいばい》を訴え出る。ヒポリュテとその妹**エミーリア**が三人の妃らとともに公爵に跪《ひざまず》き、公爵は友人**ペイリトオス**（英語発音パイリサウス）に留守を任せてクレオン討伐《とうばつ》へ出かける。一方、クレオンの二人の甥《おい》**パラモン**と**アーサイト**は叔父を嫌い、宮廷を去ろうとしていたが、アテネの宣戦布告を聞くと、叔父のためでなくテーベのために戦おうと決意する。戦いの結果、二人は捕虜となり、獄中で友情を温《あたた》めあっていたが、庭で花を摘《つ》むエミーリアを見ると二人とも恋に落ち、喧嘩《けんか》になる。

その後、独《ひと》りだけ追放となったアーサイトは、変装して公爵の余興《よきょう》に出、相撲の試合に勝って王に歓待され、エミーリアの従者となるものの、エミーリアに近づくことはできず、獄中ではあってもエミーリアのそばにいられるパラモンの幸運を羨《うらや》んだ。だが、パラモンは窓のない部屋に移され、自由なアーサイトの幸運を羨んでいた。

その後、パラモンに恋した**牢番《ろうばん》の娘**のおかげで牢を抜け出したパラモンは、アーサイトに決闘をしかける。アーサイトは飢えたパラモンに食事と武器を与え、決闘を約束する。一方、牢番の娘は、パラモンとはぐれてしまい、泣きながら森をさまよい、悲しさや恐怖からだんだんと正気を失ってゆく。ついに保護された娘は、彼女の求婚者と父、医者らに様子を見守られるが、切れてしまった心の糸はもう元には戻らない。医者の指示で求婚者がパラモンのふりをして娘をあやすところまで観客は目にし、最後に娘は正気に戻って求婚者と結婚したと伝えられる。

パラモンらが森で決闘をしているところへ狩猟中の**テーセウス**が現われ、二人を捕え、一旦《いったん》は二人に死刑を宣告するが、エミーリアらの命乞《ご》いの結果、一人はエミーリアの夫にするがもう一人は死刑にすると決める。エミーリアはどちらかを選ぶことが出来ず、王は二人に一カ月後にそれぞれ三人の騎士を連れてきて決闘し、どちらが夫となるか決めるように命じる。一カ月後、アーサイトは軍神マルスに、パラモンは愛の女神ヴィーナスに、そしてエミーリアは貞節の女神ダイアナの祭壇に祈りを捧げる。軍神マルスに祈りを捧げたアーサイトが試合には勝つが、彼は落馬して死に、愛の力に訴えたパラモンがエミーリアと結ばれることになる。アーサイトの葬儀とパラモンとエミーリアの婚礼を予定したところで終わりとなる。

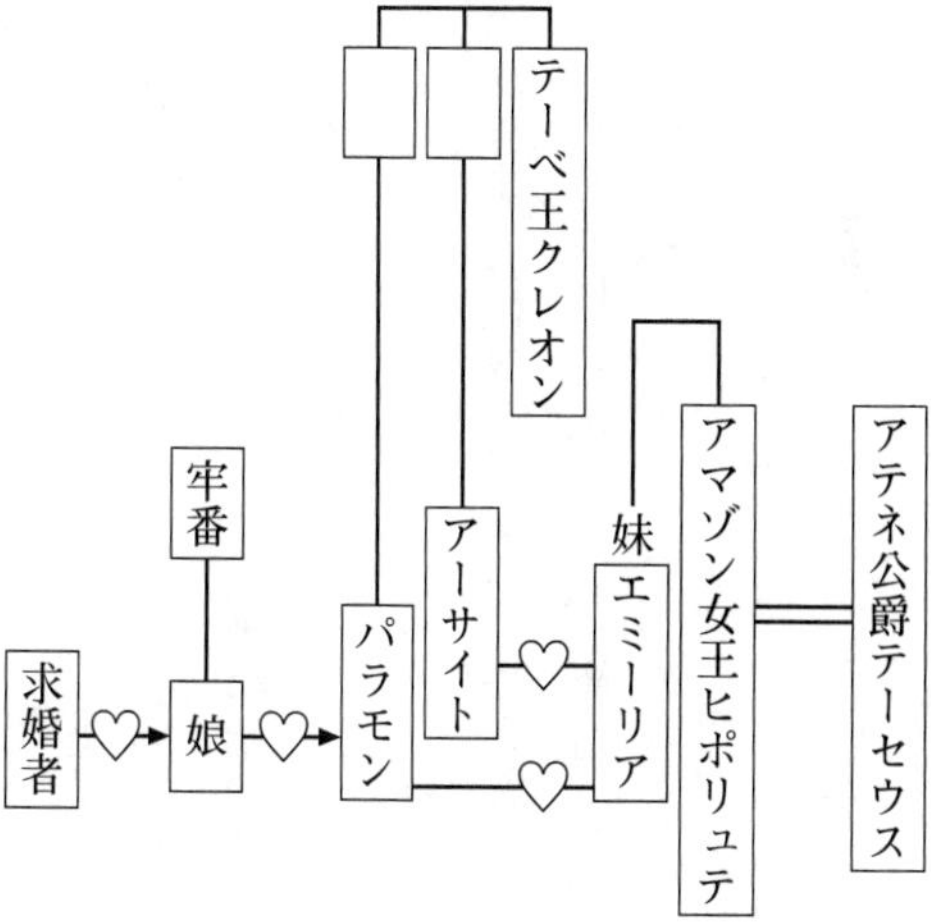

作品の背景とポイント

シェイクスピアとジョン・フレッチャーの共作。チョーサーの『カンタベリー物語』の「騎士の話」に出てくるパラモンとアーサイトの物語。そこに、フレッチャーが、パラモンを慕《した》って発狂する牢番の娘の話を付け加えたと思われる。

名台詞

現在のありように感謝しよう。
そしてわれら人間にはかなわぬ問題は
天に任せるのだ。

（第五幕第四場）

Let us be thankful
For that which is, and with you leave dispute
That are above our question.

――テーセウスのまとめの台詞は、ハムレットの悟りにも通じる。この幕切れの台詞が、シェイクスピア作品全体の結びの言葉となる。

詩

シェイクスピアは劇作家である前に詩人だった。たとえ戯曲を書かずともその名を英文学史に残したであろうといわれる彼の詩は、五作――サウサンプトン伯爵ヘンリー・リズリーへ捧げられた『ヴィーナスとアドーニス』と『ルークリースの凌辱《りょうじょく》』、詩集に寄稿された「不死鳥と雉鳩《きじばと》」、一五四篇のソネットを収めた『ソネット集』およびそこへ附された「恋人の嘆き」――を数えあげることができる。

シェイクスピアの詩も、その戯曲同様に、弱強五歩格（アイアンビック・ペンタミター）で書かれるのが普通だが、「不死鳥と雉鳩」は強弱四歩格。強弱四歩格は『マクベス』の魔女たちが鍋を煮込むときにも用いる、歌うようなリズムである。

ソネット（一四行詩）は一三世紀にイタリアで生まれ、ペトラルカ風（イタリア風）ソネットでは abba abba cde cde と韻《いん》を踏むが、一六世紀にトマス・ワイアットらによってイギリスに導入されて、様式が変わっていった。連作ソネットを大流行させたフィリップ・シドニーのソネット『アストロフェルとステラ』では、さまざまな押韻《おういん》実験がなされており、そのうちの abab cdcd efef gg がイギリス風とされ、シェイクスピアはこの形式を用いたため、これをシェイクスピア風ソネットと呼ぶ。

ヴィーナスとアドーニス *Venus and Adonis*

——推定執筆年一五九三年
初版一五九三年

豊満な肉体を持つ愛の女神ヴィーナスが、人間の若者アドーニスに恋い焦《こ》がれ、若者を押し倒し、口づけで唇をふさぎ、指に指をからませて誘惑する。若者は相手にせず、明日は猪《いのしし》狩りに出かけると言う。女神は一人寂しい夜を過ごすが、翌朝、狩りの音を聞いて突然の恐怖を感じ、彼を追い求める。そして、彼が猪の牙《きば》に股間《こかん》を刺されて死んでいるのを発見し、嘆く。最後にアドーニスの遺骸《いがい》はアネモネの花に変わる。

作品の背景とポイント

シェイクスピアが最初に本として出版して世に問うたのは、戯曲ではなく、詩集『ヴィーナスとアドーニス』（一五九三）である。当時、二九歳だった。

巻頭に第三代サウサンプトン伯爵ヘンリー・リズリーへの献辞《けんじ》があり、このエロティックな物語詩が当時一九歳の若き美貌の貴族に捧《ささ》げられたことがわかる。弱強五歩格にababccと押韻する六行連《スタンザ》が繰り返される形式で書かれた一九九連（全一一九四行）の長詩である。

ヴィーナスがアドーニスを恋人にした話はオウィディウスの『変身物語』第一〇巻にもあるが、アドーニスがヴィーナスの愛を拒《こば》むという新たな展開にしたのはシェイクスピアのオリジナルだ。

狩りに出かけようとするアドーニスに裸のヴィーナスが抱きついて止めようとしている光景を描いたティツィアーノ（一四八七頃―一五七六）の絵画「ヴィーナスとアドーニス」（下図）から発想したのではないかとする説もある。

エリザベス朝当時、そのエロティシズムが話題を呼び、大変な人気を博した作品。修辞《しゅうじ》的技巧を駆使《くし》している。

「愛撫《あいぶ》して」と彼女は言う。「あなたをこの象牙《ぞうげ》色の囲《かこ》い地に囲い込んだのだから。
私は庭園となるわ。あなたは鹿よ。
好きなところで草を食《は》んで、山でも谷でも。
私の唇をむさぼって。二つの山が乾いていたら、
もっと低いところへ彷徨《さまよ》って。そこには心地よい泉があるわ。」（二二九～二三四行）

"Fondling," she saith, "since I have hemm'd thee here
Within the circuit of this ivory pale,
I'll be a park, and thou shalt be my deer:
Feed where thou wilt, on mountain or in dale;
Graze on my lips, and if those hills be dry,
Stray lower, where the pleasant fountains lie".

——ヴィーナスは自分の体を自然に譬《たと》えて、アドーニスを誘惑する。「象牙色の囲い地」は両腕で作った円。「泉」はエロティックな隠喩《いんゆ》。

ルークリースの凌辱《りょうじょく》 *The Rape of Lucrece*

――推定執筆年一五九四年
初版一五九四年

ローマ王子タークィンは、客人として友コラタインの家に招かれながら、友が自分の妻を貞女《ていじょ》として誉《ほ》めたたえるのに刺激され、夜こっそりルークリースの部屋に忍び込み、凌辱して逃げ去る（この筋はのちに『シンベリン』で活かされている）。やがてルークリースは、やってきた夫とその友人たちに「自分の恥辱を晴らしてほしい。タークィンに復讐を」と求めて自害する。これを機にローマの王政は倒され、共和制が打ち立てられることになる。

作品の背景とポイント

『ヴィーナスとアドーニス』に続いて一五九四年五月九日に出版された『ルークリースの凌辱』は、弱強五歩格でababbccと押韻する七行連（これを帝王韻詩、ライム・ロイアルと呼ぶ）が繰り返される二六五連（全一八五五行）の長詩。

ローマ王子タークィンによるルークリース（ルクレティア、ルークリーシアとも）への凌辱《レイプ》事件はオウィディウスの『祭暦《さいれき》』第二巻で語られ、ティツィアーノも絵画に描いている（下図）。

こっそりと忍び寄るタークィンの足取りについては、殺人を犯そうとしてダンカン王の寝室に近寄るマクベスも言及する。

また、死をもって名誉を守るという古代ローマ人の精神も、シェイクスピアを理解する際には重要な鍵となる。

ここに狡猾《こうかつ》なシノンが描かれている。
こんなに真面目そうに、こんなに用心深く、こんなに穏やかに、
まるで悲しみか苦悩があるかのように。
そのようにタークィンは私のもとにやってきた。
見かけの正直さでごまかして、でも内面は悪徳で

汚《けが》れきって。プライアム王がシノンを歓迎したように、
私はタークィンを歓迎し、そうして私のトロイは潰《つい》えてしまった。

（一五三五〜一五四一行）

For even as subtle Sinon here is painted,
So sober sad, so weary and so mild,
As if with grief or travail he had fainted,
To me came Tarquin armed to beguiled
With outward honesty, but yet defil'd
With inward vice. As Priam him did cherish,
So did I Tarquin, so my Troy did perish.

——レイプ直後、部屋に一人残されたとき、彼女は部屋のなかの壁掛けに描かれたトロイ戦争の絵を見つめ、脱走兵のふりをしてトロイの木馬を運び込ませた裏切り者のギリシャ人シノンが描かれているのを見出し、悲しみの思索に耽《ふけ》る。

情熱の巡礼者　*The Passionate Pilgrim*

――推定執筆年一五九九年
初版一五九九年

表紙に「W・シェイクスピア作」と記されて一五九九年に出版者ウィリアム・ジャガードによって八折り本で刊行された詩集。収められた二〇篇のうち五篇がシェイクスピア作。うち二篇は一六〇九年のシェイクスピア作『ソネット集』にソネット一三八番と一四四番として収録されており、三篇は『恋の骨折り損』第四幕にある詩と同じものだった（すなわち、ロンガヴィルがマライアのために歌うソネット、ビローンがロザラインのために歌うソネット、デュメインがキャサリンのために歌うソネットの三篇）。

ジャガードは一六一二年に増補版『情熱の巡礼者』を出しているが、ここにはトマス・ヘイウッドの詩篇が加えられた。ヘイウッドは『俳優弁護』（一六一二）でジャガードが勝手にシェイクスピアの名前を使ったことについて「シェイクスピアが大変怒っている」と記し、ジャガードは売れ残っていた一六一二年版の表紙からシェイクスピアの名を削除した。以下に、ソネット一三八番と一四四番の訳のみを記しておく。

恋人が、私は真心そのものと誓うとき、
嘘と知りつつ、僕は信じてしまう。
彼女が僕のことを未熟な若者で
世の中の不実な手練手管《てれんてくだ》に疎《うと》いと思ってくれるように。
こうして僕は若く見られていると虚しく思ってみるが、
僕が盛《さか》りを過ぎていることは彼女だって知っている。
僕は愚かにも彼女の嘘つき舌を信じてみせる。
こうしてお互い真実を封じ込めるのだ。
だけど、どうして僕を裏切っていると彼女は言わない？
そして、どうして僕は自分が年だと言わない？
ああ、愛の晴れ着は、見せかけの信頼。
そして年を重ねた愛人は年のことを言われるのを愛さない。
だから僕らは互いに嘘を重ね、体を重ねる。
そうして体《てい》よく重ねた嘘で、慰《なぐさ》め合うのだ。

ソネット138番

僕には慰めと絶望という二人の愛人がいて、
二人は精霊のように常に僕に働きかける。
良き天使は美男、
悪しき精霊は色黒女。
僕を地獄へ突き落とそうと、わが女悪魔は、
わが天使を僕のそばから引き離す。
わが聖人を堕落《だらく》させて悪魔にしようとするのだ。
彼の純粋さを彼女の汚《けが》れた誇りで口説くのだ。
わが天使が悪魔に変わるかどうか、
疑うことはできても、断言はできない。だけど、
二人とも僕から離れ、互いに友だちとなったからには、
天使は悪しき精霊の地獄穴に入っているのだろう。
だけど確かなことはわからない。疑うのみだ、
わが悪しき精霊が天使をボロボロにしてしまうまで。

ソネット144番

不死鳥と雉鳩《きじばと》 'The Phoenix and the Turtle'

——推定執筆年一六〇一年
初版一六〇一年

詩の内容は次のとおり。

亡くなった不死鳥と雉鳩の葬儀のために、鳥たちが集まる。最もうるさい鳥に、不死鳥の巣があったアラブの木にとまらせて、皆に呼び掛ける歌を歌わせよう。不吉な梟《ふくろう》は近付くな。猛禽《もうきん》類も、鷲《わし》以外は近付くな。白鳥に鎮魂歌を歌わせ、鴉《からす》も出席させよう。聖歌が始まる。不死鳥と雉鳩が死んで、愛も忠実さも死んだ。二羽は愛し合い、一つとなっていた。一とか二とかの数の概念は無意味だった。二羽の心は一つ。二が一になる愛のために、二が二とする理屈のほうがおかしいように思えた（以上、強弱四《きようじやくし》歩格《ほかく》で abba と押韻《おういん》する四行連の一二連で歌われ、続いて「嘆き」と題された強弱四歩格の三行連句が五連で完結する）。「嘆き」の内容は以下のとおり。美、真実（愛の忠実）、珍しさが燃え残った灰を入れた骨壺《こつつぼ》に収められた。不死鳥と雉鳩は永遠に安らかならん。その不思議な婚約にふさわしく、子を残さなかった。この葬儀とともに、真の忠実さと美は消え去る。真実なる者、美しき者は、祈りの溜息《ためいき》をつくべし。

作品の背景とポイント

ロバート・チェスター編著の詩集『恋の殉教者《じゅんきょうしゃ》――あるいはロザリンの嘆き』（一六〇一）に収められた形而上詩。まず、チェスター自身の詩が書かれ、それは五百年ごとに死んではその灰のなかから新たに生まれ出る不死鳥と、「変わらぬ愛」の象徴としての雉鳩とが一緒に生贄《いけにえ》に捧《ささ》げられて、灰から新たな美しい鳥が生まれるというもの。不死鳥は雌《めす》、雉鳩は雄《おす》で、その一体化が歌われる。そののちに、シェイクスピア、ベン・ジョンソン、ジョージ・チャップマン、ジョン・マーストンといった詩人たちが、同じ「不死鳥と雉鳩」のテーマで詩を寄せている。

シェイクスピアの詩にもともと題名はない。ここには冒頭の四行連と最終の三行連を訳出する。

不死鳥と雉鳩

一番大きく歌える鳥を
アラブの梢《こずえ》に止まらせて、
悲しき布告を響かしめ、

純な翼が従うように。

Let the bird of loudest lay,
On the sole Arabian tree,
Herald sad and trumpet be,
To whose sound chaste wings obey.

この骨壺に来たらしめ。
真心ある者、美なる者、
祈りの溜息つくように。

To this urn let those repair
That are either true or fair;
For these dead birds sigh a prayer.

——一行が短いのが特徴。「一ばん大きく歌える鳥を」の漢字のところを強く読めば強弱四歩格のリズムの雰囲気が少しわかるだろう。

ソネット集 *Sonnets*

――推定執筆年一五九二〜一六〇三年、初版一六〇九年

一五四篇のソネットを収めた『ソネット集』が出版されたのは一六〇九年だが、フランシス・ミアズ著『知恵の宝庫』(一五九八)にはシェイクスピアのソネットが仲間うちで読まれていることが記されている。

『ソネット集』に登場する人物は四人――「僕」という「詩人」(語り手)、詩人のパトロンである「美青年」、詩人と美青年を誘惑する「黒い女(ダーク・レイディ)」、そして「ライバルの詩人」――であるが、それぞれが誰をモデルにしているかについては諸説ある。初版の表紙に、出版者トマス・ソープが「これらのソネットの唯一の生みの親であるW・H氏」として献辞《けんじ》を掲《かか》げているが、このW・H氏とは誰かという解釈も諸説ある。『ヴィーナスとアドーニス』と『ルークリースの凌辱《りようじよく》』のパトロンとなったサウサンプトン伯ヘンリー・リズリーのイニシャルH・Wをひっくり返したものであるとする説や、シェイクスピアの最初の全集(ファースト・フォーリオ)が献呈された第三代ペンブルック伯ウィリアム・ハーバートとする説もある。ハーバート

は、エリザベス一世の侍女《じじょ》メアリ・フィットンに子供を産ませたために、女王の怒りを買って投獄させられた経緯があり、メアリ・フィットンがダーク・レイディだとする説もあるが、サウサンプトン伯も同様にエリザベス一世の侍女エリザベス・ヴァーノンを妊娠させ、秘密裡《り》に結婚して女王の怒りを買っており、ダーク・レイディはエリザベス・ヴァーノンという可能性もある。
だが、まずはともかく、最も有名なソネット一八番を読んでみることにしよう。

君を夏の日にたとえようか。
君はもっと素敵で、もっと穏やかだ。
五月の可憐《かれん》な蕾《つぼみ》は強風に揺れ、
夏の命はあまりに短い。
天の烈日《れつじつ》は、ときに熱すぎ、
その黄金の 顔《かんばせ》も、ときに翳《かげ》る。
美しきものは、皆、偶然に、

あるいは自然の流れに沿って、廃《すた》れゆく。
だが、君の永遠《とわ》の夏は色あせない。
君の美しさが消えることはない。
死神にも君を自分のものとは言わせない。
永遠の詩のなかで君は時と結びつくのだから。
　人が息をし、目がものを見る限り、
　この詩は生き、君に命を与え続ける。

Shall I compare thee to a summer’s day?
Thou art more lovely and more temperate:
Rough winds do shake the darling buds of May,
And summer’s lease hath all too short a date:
Sometime too hot the eye of heaven shines,
And often is his gold complexion dimm’d;
And every fair from fair sometime declines,

By chance or nature's changing course untrimm'd;
But thy eternal summer shall not fade,
Nor lose possession of that fair thou ow'st;
Nor shall Death brag thou wander'st in his shade,
When in eternal lines to time thou grow'st:
　So long as men can breathe, or eyes can see,
　So long lives this, and this gives life to thee.

まず驚くのは、「君」と呼びかけられているのは若き男性だということだ。実は『ソネット集』一番から一七番まで、詩人の僕が美青年に結婚を勧める内容となっており――その美しさを子孫に残しなさいと歌う――それが、一五番から「私は詩によってあなたの美を永遠にとどめようとしている」という発想が入り込み、この一八番以降一二六番まで美青年への愛を歌うものへと変わっているのだ。

シェイクスピアは、ソネット詩によって若き青年貴族に結婚を勧めるように依頼されたのだろう。それに合致する歴史的状況があった。

エリザベス一世の右腕ともいうべきバーリー卿ウィリアム・セシルは、自分が後見していているサウサンプトン伯ヘンリー・リズリーに自分の孫娘エリザベス・ド・ヴィアを嫁《とつ》がせる縁談をまとめようとしていた。一五九一年に一八歳だった伯爵にはまだ結婚するつもりがなかったが、同年にセシルの秘書ジョン・クラッパムがラテン語の詩「ナルキッソス」をサウサンプトン伯に書き送り、「自分の美貌に溺《おぼ》れていないでまわりの女性を見よ」と伝えたのは、二一歳になってもその縁談を拒《こば》み続けるなら五千ポンドという莫大《ばくだい》な賠償金をセシルに払わなければならないという取り決めがあったためだ。ラテン語の詩でだめなら、ソネットで——しかも、伯爵が気に入っているらしい若い詩人シェイクスピアに書かせよう——ということになったのかもしれない。

ただし、同じことは一五九七年にウィリアム・セシルのもう一人の孫娘ブリジット・ド・ヴィアとの縁談を勧められていた第三代ペンブルック伯ウィリアム・ハーバートにも当てはまる。美青年＝ハーバート説を採《と》る人たちは、ソネットは一五九七年から書き始められたのだと主張する。

恋人の嘆き　'A Lover's Complaint'

——推定執筆年一六〇〇～三年、初版一六〇九年

語り手は、川辺で泣く若い女性が手紙や指輪などを川に投げ捨てているのを見る。老人が理由を尋《たず》ねると、恋人に捨てられたと語るが、再び恋人に騙《だま》されたいと言う。

作品の背景とポイント

シェイクスピアの『ソネット集』の最後に収録された物語詩だが、シェイクスピア作かどうか議論がある。ライム・ロイヤル（ababbcc）の七行連による全三二九行。ここでは最初のスタンザ（連）のみ紹介する。

丘に窪《くぼ》んだ子宮に響く
隣の谷の悲痛な話。
この二重の声を聴かんと、わが天使と悪しき精霊が同意して、
私は横になり、悲しき話に聞き入った。

やがて見えしは蒼白《そうはく》の気紛《きまぐ》れ娘、
紙を破り、指輪を割って、
悲しみの風と雨にて荒れ狂う。

From off a hill whose concave womb reworded
A plaintful story from a sistering vale,
My spirits to attend this double voice accorded,
And down I laid to list the sad-tuned tale;
Ere long espied a fickle maid full pale,
Tearing of papers, breaking rings a-twain,
Storming her world with sorrow's wind and rain.

——三行目の My spirits をソネット一四四番と重ねて解釈するなら、美青年とダーク・レイディのこととなる。『ソネット』の三角関係は形を変えてここでも出てくるので、ジョン・ケリガンは『悲哀の動機』（一九九一）で『ソネット』の結部にふさわしいと論じた。

マ行

ラ行

主要登場人物索引

ア行

カ行

★読者のみなさまにお願い

この本をお読みになって、どんな感想をお持ちでしょうか。祥伝社のホームページから書評をお送りいただけたら、ありがたく存じます。今後の企画の参考にさせていただきます。また、次ページの原稿用紙を切り取り、左記まで郵送していただいても結構です。

お寄せいただいた書評は、ご了解のうえ新聞・雑誌などを通じて紹介させていただくこともあります。採用の場合は、特製図書カードを差しあげます。

なお、ご記入いただいたお名前、ご住所、ご連絡先等は、書評紹介の事前了解、謝礼のお届け以外の目的で利用することはありません。また、それらの情報を6カ月を越えて保管することもありません。

〒101－8701（お手紙は郵便番号だけで届きます）
祥伝社　新書編集部
電話03（3265）2310
祥伝社ブックレビュー　www.shodensha.co.jp/bookreview

★本書の購買動機（媒体名、あるいは○をつけてください）

＿＿＿＿ 新聞の広告を見て	＿＿＿＿ 誌の広告を見て	＿＿＿＿ の書評を見て	＿＿＿＿ のWebを見て	書店で見かけて	知人のすすめで

★100字書評……あらすじで読む　シェイクスピア全作品

名前

住所

年齢

職業

河合祥一郎　かわい・しょういちろう

1960年生まれ。東京大学文学部英文科卒。東京大学大学院より博士号、ケンブリッジ大学よりPh.D.取得。東京大学教授。主著に『ハムレットは太っていた！』（白水社、サントリー学芸賞受賞）、『シェイクスピアは誘う』（小学館）、『「ロミオとジュリエット」――恋におちる演劇術』（みすず書房）ほか。翻訳にシェイクスピア新訳（角川文庫）、戯曲に『国盗人』（白水社）、『ANJIN』などがある。

あらすじで読《よ》む
シェイクスピア全作品《ぜんさくひん》

河合《かわい》 祥《しよう》 一郎《いちろう》

2013年12月10日　初版第1刷発行
2025年 3 月10日　　　第9刷発行

発行者……………辻 浩明
発行所……………祥伝社《しょうでんしゃ》
〒101-8701　東京都千代田区神田神保町3-3
電話　03(3265)2081(販売)
電話　03(3265)2310(編集)
電話　03(3265)3622(製作)
ホームページ　www.shodensha.co.jp
装丁者……………盛川和洋
印刷所……………堀内印刷
製本所……………ナショナル製本

Printed in Japan　ISBN978-4-396-11349-0　C0297

〈祥伝社新書〉
歴史に学ぶ

545
日本史のミカタ
「こんな見方があったのか。まったく違う日本史に興奮した」林修氏推薦
国際日本文化研究センター所長 井上章一
東京大学史料編纂所教授 本郷和人

588
世界史のミカタ
「国家の枠を超えて世界を見る力が身につく」佐藤優氏推奨
井上章一
小説家 佐藤賢一

630
歴史のミカタ
歴史はどのような時に動くのか、歴史は繰り返されるか……など本格対談
井上章一
国際日本文化研究センター教授 磯田道史

366
はじめて読む人のローマ史1200年
建国から西ローマ帝国の滅亡まで、この1冊でわかる!
東京大学名誉教授 本村凌二

697
新・世界から戦争がなくならない本当の理由
ロシア・ウクライナ戦争、イスラエルとハマスの戦闘ほか最新情報を加えた決定版
ジャーナリスト 名城大学教授 池上 彰